冷徹御曹司と政略結婚したら、溺愛で溶かされて身ごもり妻になりました

m a r m a l a d e b u n k o

ひなの琴莉

マーマレード文庫

目次

冷徹御曹司と政略結婚したら、溺愛で溶かされて身ごもり妻になりました

冷徹御曹司と政略結婚したら、溺愛で溶かされて身ごもり妻になりました

プロローグ

「電話で説明させていただいた通り、我が社で大元酒造《おおもとしゅぞう》を買収したいと考えております。失礼ながら経営状態を調べさせてもらいました。今の状態では、あと数年続けていけるかどうか、ですね」

酒蔵の長女として、目を背けたい現実を突きつけられたような気持ちになる。

「しかしこんなに素晴らしい商品がたくさん製造されていて、歴史もある酒造を潰すわけにはいきません。弊社の傘下にはなりますが、今まで通り職人の方にも働いていただき、店舗もこのまま引き続き営業してもらいたいと考えております」

うちにはものすごく都合のいい話なので、かえって変に思った。

それは弟も同じようで、目を細めながら宇佐川《うさかわ》さんを見つめて口を開いた。

「とてもいい話だと思うのですが、なぜうちの酒造なんですか?」

彼は機械的な笑みを浮かべた。

「北海道のお酒はとても美味しい。単純にファンなんです。弊社は日本酒部門が弱いものでして、どこかに傘下に入っていただきたいと、前々から考えておりました。

『USAKAWA』に仲間入りすれば、売上がかなり見込めます。そうであれば、経営で困っているところをお助けしたいと思ったのです」

用意してきたかのように淡々と説明された言葉のようで怪しい。

「私たちは、どんな手段を使ってでも、この酒造を残していきたいと考えております」

母が今にも消えてしまいそうな声でそう言った。

同じ気持ちの私は深く頷《うなず》く。

その様子を見た宇佐川さんは、何かを企《たくら》むように口元に笑みを浮かべた。

「そうでしょうね。ただ一つだけ条件があります」

「条件ですか？」

おそるおそる尋ねる母に、宇佐川さんはゆっくりと頷いた。

「長女の雪華《ゆきか》さんをいただけませんか？」

頭にはクエスチョンマークが浮かぶ。それはきっと私だけではなく母も弟も同じだろう。

今の言葉を解釈すると、私と結婚したいと言っているようにも聞こえた。

（まさか政略結婚？……たしかにうちは北海道ではちょっとした有名な酒蔵だけど

……。どうして私なの？）

頭で考えても答えが見つからなくて、質問をぶつけるように、そしてほんの少し期待を込めて眼差《まなざ》しを送る。

「理由を申し上げておりませんでしたね。こちらもビジネスですので最大限にメリットを引き出さなければと。もし大元酒造さんが我が社の傘下に入ってくれたと仮定して、自分がそこの長女と結婚するとなれば、話題性も呼びますよね」

穏やかな口振りで言われたが、金槌《かなづち》で頭を打たれるかのようなショックがあった。

一緒に呑《の》んで少し素敵な人だなと思っていたから、なおさら悲しかった。

私のことを気に入っていたから声をかけてくれたわけではなく、単純に話題性になるからとの理由。

その答えを聞いた母は、膝の上で握りしめる拳が震えていた。

「……大事に育ててきた娘です。娘には幸せになってもらいたいんです」

「ええ。不自由ない生活を約束します」

目の前にいる男は結婚に対して夢がないようだ。

どうしてこんなにも冷静な口調で、自分の未来を決めるようなことを言ってしまうのか理解に苦しむ。

会社のためだったら、好きでもない女と結婚するという冷血な人なのか。

頭の中でぐるぐると考える。でも、この結婚を受け入れて傘下に入ることができれば実家は救われる。

小さい頃から長年働く職人さんや、商品に対して愛情たっぷりに説明をしながら販売してくれているパートのみなさんが頭の中に思い浮かんだ。

そして何よりもうちのお酒を大好きだと言ってくれるお客様の笑顔が脳裏から離れない。代々大切にしてきたこの酒造を私たちの代で終わらせてしまったら、一生後悔がつきまとってくるだろう。

第一章　理想の人

会社近くの歴史あるホテルのバーで、私はカウンター席に座って冷酒を注文した。

ヴェロア生地が使われた低めの椅子と光沢のあるテーブルが置かれていて、薄暗い照明が店内をムーディーに照らし、静かなジャズが流れている。

ここのバーは日本酒の種類も豊富で、それに合うような料理がある。とくにホタテの梅カルパッチョが美味しくて、日本酒にとてつもなく合うので、自分へのご褒美としてたまに訪れていた。

仲がいい同僚と来るほうが多いけれど、今日はデートがあるからと断られ、一人で嗜《たしな》むことにした。

「お待たせいたしました」

バーテンダーがボリュームを抑えた声で言い、徳利《とっくり》とお猪口《ちょこ》をそっと置く。

自分で静かに注ぐとフルーティーで華やかな香りが鼻を通り抜けた。

背筋を正して口に含めば、スッキリとしつつも雅《みやび》な味わいが広がる。

ゆっくりと呑《の》み込むと喉の奥が熱くなって、幸せな気持ちで胸が満たされていく。

そしてホタテの梅カルパッチョを一口。

（くぅ、たまらない）

このつまみが日本酒の旨《うま》みを引き立てて、とても素晴らしい組み合わせだ。

私の実家は北海道にある創業明治三十年の老舗酒造だが、五年前の火災で父が他界し、修繕費などかさんでしまい経営が困難になりつつある。

歴史ある酒造を守っていきたいが、今の経営状態では続けていくのは絶望的。できるところまで頑張っていくと母は言う。でも、現実はそんなに甘くないことを私は知っている。

沈みそうになる気持ちを奮い立たせるように深呼吸をした。必ずいい方向へ進めると信じて、頑張るしかない。

本当は大好きな日本酒に携わる仕事をしたかったが、実家で働くことが厳しくなり、大学卒業後、私は北海道を出て東京で就職すると決めた。

菓子メーカーで働きはじめて四年が過ぎ、大変さと楽しさがわかってきたところだ。

今の業務内容ではパッケージデザインを担当。絵が好きで、美術系の大学を出たのと、実家でも商品デザインを手伝っていたことが評価され、採用された。

ここで様々学び、いずれは実家に戻って、役に立てたらと働いているが、それまで

いな)

実家の体力が持つ保証なんてなかった。

お酒が体に染み渡っていくようで、私は満足して味わっていた。

(このホタテの梅カルパッチョ、本当に美味しいからお母さんにも食べさせてあげたいな)

いつも忙しそうにしていて旅行する余裕なんてない。もし時間ができたら東京を案内して、のんびりしてほしい。

父が亡くなってから、特に苦労をしてきた母に少しでも恩返ししたい。

日本酒を呑むたびに母の顔が思い浮かんで、切なくなる。

弟が跡取りとして頑張ってくれているが、この前、電話をしたときの声は本当に暗くて、実家の酒造は長い歴史に幕を閉じようとしているのだと感じた。

なんとか経営を続ける道があればいいけれど、考えつかない。小さなため息をついた。

ふと横を見ると、まるで今をときめく中堅俳優のような容姿をした男性が一人でビールを呑んでいた。黒髪で額が見える清潔なヘアースタイル、凛々《りり》しい眉毛と意志の強そうな瞳、鼻筋が通っていて形のいい唇。

しっかりと鍛えられた体躯《たいく》で、上質な生地で作られたオーダーメイドであろうスーツを着用していた。

グラスを持って、黄金色の液体を喉に流し込んでいく姿は、テレビコマーシャルを見ているようだ。

一気に呑《の》み干《ほ》すとグラスをテーブルに置いて、むしゃくしゃしたように髪の毛をかき上げた。

「おかわりください」

バーテンダーにお願いした声も、低くてよく通っていてかっこいいけど、何にイライラしているのだろうか。

人間生きていれば嫌なことはたくさんある。辛いことがあったらお酒に逃げたくなる気持ちもわかる。

(でも、いい呑み方じゃないよね……)

『呑んでも呑まれるな』という父親の口癖を思い出しながら、彼のことを見ていると三杯目もあっという間にグラスを空けてしまった。しかし酔っ払う様子はなく、顔色が一つも変わらない。

私はアルコールに強く、飲み会に誘われても最後の最後まで酔いつぶれることがなかった。

なのでお酒の強そうな彼に興味を持ちはじめた。しかし見ず知らずの私に声をかけられても気味が悪いだろうから、そっと見届けるだけ。

と思っていたのだけど……。男性は日本酒を注文した。

私の周りにいる友人は甘いカクテルが好きだったり、アルコールが苦手な人が多かったりして、日本酒を一緒に楽しんでくれる人が少ない。

(あぁ、一緒に呑んでみたい。でも……男性に声をかけたことなんてないし)

しかもかなり機嫌が悪そうだ。さすがに話しかけられる雰囲気ではなく、関わらないほうがいいと悟る。

それでも気になってこっそりと観察をしていたら、冷酒が運ばれてきた。手酌《てじゃく》をして一人で呑んでいる。

(うん、いい感じ!)

日本酒をいただくときは、背筋を正して口に流し込むのが粋《いき》だ。

彼はイライラしてそうだったが、日本酒を乱暴に扱うことなく、綺麗《きれい》に呑んでくれているのでそこは救いだった。

よく昔の漫画に出てきたような酔っ払いのお粗末な行動は許せない。頭にネクタイをして鼻と頬《ほお》を赤くして、徳利にお酒がなくなったらひっくり返して「おかわり持ってきて」みたいな……。

職人が手間暇かけて作っているところを見てきた私は、いいお酒はしっかり感謝しながら呑んでほしい。こだわりが少々強くてうるさい性格だと思われそうだが、どうしても譲れないところだった。

美しく呑んでくれていたので安心していたのだが……。

「セロリの漬物をお願いします」

「えっ……」

彼はつまみにセロリの漬物をチョイスした。

これは、大事件だ。

日本酒の香りや風味を存分に味わってほしいので、香りの強いおつまみは基本的には推奨していない。

せっかくの美味しい味が死んでしまう。声をかけそうになったが、大きなお世話だ。気にしないようにして自分のお酒に集中することにした。

お猪口を右手の親指と人差し指で持ち、中指と薬指の間で底を挟み、左手は底に軽く添える。一気に呑むのではなく味わうように口に注ぐ。

（うん、染みる……美味しい）

「お待たせいたしました。セロリの漬物です」

せっかく気分よく呑んでいたのに、バーテンダーの声で我に返った。

男性に視線を動かせばセロリを口に入れて、日本酒で流し込んでいる。

セロリの漬物に罪はない。わかっているのだが、酒の甘みを感じてもらうためには、私が食べているホタテの梅カルパッチョを食べるのが一番だ。

こんなに美味しい食べ方を知っているのに、伝えないほうが意地悪ではないか。そんなことを自問自答しながら過ごしていたが、ついに私は立ち上がってしまった。

彼はちらりと私の顔を見たけれど、すぐに目をそらして正面を向く。

怖気《おじけ》づくがもう引き返すことはできない。二脚空いている席を詰める。

「すみません」

完全に無視。

(まさか、ナンパをされているとでも?)

そんな恥ずかしいこと私ができるはずがない。もしそんなふうに思われていたら勘違いを絶対に解かなければ。もう一度大きく息を吸って口を開いた。

「すみません、少しいいですか?」

それでも返事をしてくれない。

ホテルのバーということもあり、大きな声が出せない雰囲気だ。私は彼に反応してもらうために、耳元に近づき話しかけた。

「一言だけ、言わせていただきたいことがあるんですけど」

こちらに視線を動かしてくれたけれど、迷惑そうだ。

「悪いがきみのような女性には興味がない」

「……え？」

自分に自信があるわけではない。ごく一般的な容姿で、二重に小さな鼻と薄い唇をしており、童顔と言われることが多々ある。

焦げ茶のストレートセミロングで、身長もさほど大きくなく、一般体型よりも少しぽっちゃりしていて、どこにでもいそうな私が声をかけても、振り向いてくれないことくらい知っている。

生まれてこの方、誰とも付き合ったことがない私がナンパなどありえないのだ。

人の話もちゃんと聞かないで否定する態度に腹が立ち、ムッとしてしまった。

「それはこちらのセリフです。私もあなたのようなセンスのない人には興味がありません！」

「なんだって？」

片方の眉を上げた彼を見て、私はハッとした。彼は機嫌が悪いのだった。ここは、こちらが大人になって丁寧に説明しようと心がける。

「突然声をかけてすみません。驚きますよね。実は私、実家が酒造で……。日本酒の呑み方には人一倍こだわりがあって。おつまみがちょっと合わないかと」

「なるほど、そういうことだったのか」

落ち着いた声で言ってつまみを見つめた。こちらに向き直った彼の瞳は穏やかだった。

「こちらもイライラしていて、ひどい言い方をしてしまってすまなかった。また女性に誘いをかけられたと思って、無性に腹が立ってしまって」

嫌な第一印象を受けたけど、案外素直に謝ってくれた。私は胸を撫《な》で下ろす。

「さっきからチラチラこちらを見ていたのは、つまみに何を選ぶか気になっていたということか」

見ていたことに気がつかれていたのだと耳が熱くなる。

「……すみません。本当に」

「いえ、それだけこだわりが強いということだろう」

「余計なお世話ですよね。申し訳ないです……。ごゆっくりどうぞ」

その場を離れようとしたとき、彼は咄嗟《とっさ》に私の腕をつかんだ。あまりにも力強かったので、心臓が激しく動悸《どうき》を打つ。私は曖昧な笑顔を浮かべ首を傾《かし》げた。

「な、何か？」

「待ってくれ。これに合うつまみは、たとえば？」

「……あ、あの」

まだつかまれている手に視線を向けると、彼は慌てて手を離す。

「すまない。そこまで言われると気になってしまって」

「そうですよね」

男性にこんなふうに触れられたことがなかったので動揺してしまったが、深い意味はなかったのだと悟り、気を取り直した。

「セロリは香りが強いので、日本酒のよさを打ち消してしまうことがあるんです。このおつまみでおすすめは、ホタテの梅カルパッチョです。とても美味しいのでご褒美にたまに食べに来ているんです。もしよければ、口をつけてないところがあるので……」

おそるおそる皿を差し出す。

「そんなに言うなら……、では少しいただこう」

彼は遠慮しながらも小皿に一口取り分けた。そして私の言う通り食べて日本酒を呑む。クールな表情が少しだけ明るくなった。

「すごくうまい。日本酒の米の深い味わいが強調される」

「よかったです。余計なお世話かと思ったんですが、どうしても気になってしまって」

「てっきり俺目当てで声をかけてきたのかと」

やはり、勘違いされていたようだ。

これだけ麗しい外見をしていれば、女性が嫌というほど寄ってくるのだろう。ハンサムな人には、その人なりの悩みがあるようだ。

「私なんかが声をかけて相手にする人なんていないって、心得ていますよ」

恋愛とは無関係だ。悲観もなく微笑《ほほえ》む。

「むしゃくしゃしているようだったので声をかけるのを悩んだんですが……。もしよければお話聞きますよ？　誰かに気持ちを打ち明けたら、楽になることってあると思うんです」

彼はキョトンとした瞳を向け、そして肩を揺らして笑った。

「お節介なお嬢さんだ。まあ、これも縁だ、呑もうか」

私は頷いてから自分の食べていたものを運んで、彼の横に腰をかけた。徳利を持ってお酌《しゃく》をする。

「お酌をされたら礼儀として、一口呑んでからテーブルに置かないといけないんです。さぁ呑んでください」

それを聞いた彼は日本酒を流し込む。

「うん、うまい酒だ」

「あんなにたくさん呑んでいたのに、酔ってないのですね」

「やっぱり、俺のことを見ていたんだ？」

からかうように言われたので、私は頬が熱くなり目を逸《そ》らした。

「たまたま目に入っただけです。バーで日本酒を呑む人って私の知り合いにはほとんどいなくて」

「たしかに。日本酒が呑みたいなら日本酒バーに行ったほうがいい」

「そうなんです。でもこのホタテのカルパッチョが美味しくて、これが食べたくてここに来ちゃうんですよね」

「なるほど」

二人でおつまみを食べて、お猪口を口に運ぶ。とても美味しくて笑顔になった。彼も頷いてくれる。

「なんてお呼びすればいいですか？」

「晴《はる》で」

「私は、雪《ゆき》で」

本当は大元雪華という名前だが、なんとなく本名を伝えるのは抵抗があった。

もし相手が本名を教えてくれたら私も伝えるつもりだったが、彼は一線を引いている気がした。

「私は決してナンパ目的じゃないんですけど……。よく声をかけられるんですか？」

「自慢じゃないけど、頻繁に」

「ハンサムな人はハンサムな人なりに大変なんですね。私は平凡すぎて誰ともお付き合いしたことないんですよ、あはは」

自虐的に笑うけれど、彼は真面目な瞳でこちらを見つめてくる。

「普通に可愛《かわい》いじゃないか」

褒められているのかどうなのかわからなくて、とりあえず頭を下げておく。

「どうも、ありがとうございます」

差しつ差されつつやりながら、私たちは他愛《たあい》のない話をして、気がつけば七回目のおかわりをするところだった。

急いで呑んでいるわけでもなく、つまみながらゆっくりと嗜《たしな》んでいたのに、こんなに量がいっていると思わなかった。

呑むペースが同じだったし、初対面だというのに、なぜか私たちは自然と打ち解けている。

彼は全然酔っ払っていないが、さすがに私はアルコールが回ってきてふんわりとしていた。

「少し酔っ払ってきました。誰かとお酒を呑んで自分が先に酔っ払うなんてなかったので新鮮です」

「ほう。俺も相当強い」

誰にも負けないという自信を覗《のぞ》かせる。

こういう男性はグイグイ女性を引っ張ってくれそうだ。もしかしたら、理想のタイプかもしれない。でも、彼の隣を歩く人間は、彼に引けを取らないぐらい強くてかっこいい人じゃないといけないのだろうと想像する。

「おかわりは？」

「では、もう少し」

「こんなにアルコールの強い女性に出会ったことがない。さすが酒造の娘だな」

全体的にキリッとした顔をしているのに、笑うと目尻に皺《しわ》が寄って人懐こい顔つきになる。

酔っ払っているせいか、私はつい胸がキュンとしてしまった。

「はい。お酒を呑んで先に酔いつぶれたことは一回もありません」

そんなこと自慢になるのだろうか。

酔っ払って甘える女性のほうが可愛い。頭の片隅で考えるが、私のキャラクターとは違う。繕うこともない。素のママでいよう。

「さ、呑んでください」

お酌をすると彼もお返しに注いでくれる。

「酔っ払ったら雪さんはどうなる？」

「とにかく楽しくなってしまいますね」

「へぇ。泣いたり、怒ったりするよりはいい」

穏やかな口調で、落ち着いた余裕ある雰囲気。私よりも確実に年上だというのがわかる。声を聞いているだけで心地いい気分になってしまうなんて、こんな経験をしたことがなかった。

「寒くないか？」

「え？」

冷静になってみると、頬は熱いのに体が冷えていることに気がついた。

「少し冷えますね」

彼はさりげなく立ち上がって、自らのスーツのジャケットを私の肩にかけてくれる。

「女性は体を冷やしてはいけないから」

「あっ、ありがとうございます」

男性に優しくされたことがないので、私はドキッとしてしまった。

私が日本酒のことを熱く語るのを興味深そうに聞いて頷き、また美味しそうに呑む。

そして世間一般的な話をする。しかし、彼はただのゴシップではなく、そこに自分の考えを入れて、話を深く掘り下げていく。すごく頭の切れる人だ。

「本当に日本酒が好きなんだな」

「大好きです！　日本酒が作られていくあの独特な麹《こうじ》の香りも大好きで。だから甘酒とかも好きなんですよ」

「甘酒か……。久しく口にしていない」

「全国様々なところに酒造がありますが、うちの実家の北海道は水もお米もすごく美味しくて。いいお酒ができるんです」

「なるほど。北海道は水が美味しいからウイスキー工場もある」

「そうなんです！」

地元を褒められてテンションが上がり、満面の笑みを浮かべた。今日のお酒はすごく美味しい。

「ここにはよく来るのか？」

「ご褒美で」

「たまたまタイミングがあって、出会ったということだな」

「そうですね。お酒の強い人とこうして呑むことができてすごく楽しいです。もし、いつかの未来に結婚することができるなら、お酒の強い人がいいなぁ」

私はつい夢を語ってしまった。

素敵な人だから間違いなく恋人がいるだろうし、私のように交際経験のない女はつまらないと思われそうだ。

結婚なんて普段口に出さないのに、酔っ払って余計な感情を吐露してしまった。

お互いに名乗りもしていないし、言いたいことが言える。

今日が終わればもう会うことはないだろう。別れの時間を想像してちょっぴり寂しくなる。

さらにお酒が進み、話題は私の仕事のことになっていた。

商品のパッケージデザインは奥が深くて私は毎日悩んでいる。直属の上司に自分の疑問や質問をぶつけてみるけれど、私のモヤモヤした気持ちを晴らしてくれるような答えはなかった。

「今私はパッケージデザインを考える仕事をしているんですけど、なかなか難しくて。何が正解か考えれば考えるほどわからなくなってくるんです」

「自分の経験したことでしか、引き出しを作れないと思うんだ。だから様々なことを経験したほうがいい」

「経験……そうですよね」

私は日本酒を一口含んでから頷いた。

「せっかく携《たずさ》わった仕事なので、本物になりたいって思ってるんです。何事も中途半端なことは嫌いなので」

「そういう突き詰める性格、好きだ」

私に対して好きだと言っているわけではないのに、その言葉を聞いてドキッとしてしまう。恋愛経験のない私には刺激的な言葉だ。

彼みたいな人が上司だったら、もっと仕事にやりがいを感じられたかもしれない。私が励ますと声をかけたのに、なんだか逆にすみません」

「ずっとモヤモヤしていたんですが、話を聞いてもらえてスッキリしました。私が励まそうと声をかけたのに、なんだか逆にすみません」

「いや、元気になってもらえたならそれでよかった。雪さんと話をしているとイライラしていた気持ちが静まった。こちらこそありがとう」

穏やかに微笑まれて、私の心臓はまたトクトクと動き出す。

「ところで不思議なんだが、こんなに酒が好きなのに実家では働かなかったのか？」

初対面なのに素直に話してもいいのかと迷った。

私の顔色が変わったことに気がついたようで、興味深げに覗《のぞ》き込《こ》まれる。

会話をしていて、彼は仕事ができる人間だというのが伝わってきた。だから、何かアドバイスがもらえたらと願いを込めて口を開く。

「本当は働きたいんですが、五年前に家が火事になってしまって、工場を守ろうとした父が他界してしまったんです」

突然の告白にも動じず黙って聞いてくれているので、酔いも手伝って打ち明け続けた。

「修繕費などが大幅にかかって。店をたたむことも考えたんですが、地元のお客様からの応援もあって、なんとか綱渡り状態で頑張っているところです。なので私だけでも外に出て働いて、少しでも実家の足しになればいいなと思ってるんですけど……なかなか」

「……そうだったのか」

暗い話をしてしまって申し訳ないと彼を見たら、考え込むような表情をして、相槌《あいづち》を打っていた。

普段ならきっと濁していただろうけど、話しやすい雰囲気を作ってくれたので状況を伝えた。

「パッケージデザインの仕事に就いたのも、いつか実家が建て直したときに役に立てるかなと」

「酒造はどこに？」

「北海道の小樽《おたる》というところにあります。創業明治三十二年。地元のお客様から愛されて北海道ではちょっとした有名な酒造なんですよ」

「差し支えなければ、店の名前を教えてもらってもいいか？」

「大元酒造です」

耳にしたことがあるのか彼の表情が一瞬変わったように見えた。北海道では有名だが全国的にはさほど知られていないはず。おそらく気のせいだ。

「代々継いできたので、このまま続けていきたいという気持ちもあるんですが、やはり厳しいですね」

私は小さなため息をついた。

「跡継ぎはいるのか？」

「はい、弟がいます。実家の味を後世に残していきたいと頑張っているんですが、最近は電話で話しても声が暗いんです。弟も母もあと何年続けられるかっていつも気持ちが沈んでいるようで。何もしてあげられなくて悔しいです」

晴さんは顎をさすりながら、眉間に深く皺を作っていた。

「こんな話をしてごめんなさい。どんな手段を使ってもいいから実家を助けたいって思っているんですけど、何もできないのが悔しくて。酒造のみんなも頑張っているので、私もまずは今できる仕事を一生懸命やるしかないですよね」

しんみりした空気になるのが嫌で、私は太陽のように明るい笑顔を向ける。

「雪さんのその笑顔があれば、必ずいい方向に進んでいく、きっと」

「ありがとうございます！」

話していると心地よくて、いつまでも一緒にいたくなってしまう。しかし、結構長い時間が経過し夜も深まってきた。

職場の上司やクラスメイトとは話をしたことがあるが、プライベートの時間で男性とこうしてゆっくり二人きりで長時間過ごしたことはない。きっと、私たちは気が合うのだろう。

『そんな素敵な人に出会える確率なんてないから連絡先を交換しなさい』

私の職場で仲よくしてくれている友人の杉崎愛子《すぎさきあいこ》なら、きっとそう言うだろう。

でも晴さんは声をかけたとき、嫌な顔をしていた。女性に声をかけられ過ぎているからだ。

タイミングが合えばまた一緒に呑みたい。縁がある人なら、きっとまた会えるはず。だから連絡先を聞くことはしなかった。

ブラックカードで支払いを済ませた彼は颯爽《さっそう》と店を出た。その後ろ姿を私は慌てて追いかける。

「待ってください、ご馳走《ちそう》していただくわけにはいきません！　そんなつもりで声をかけたんじゃないんです」

立ち止まった彼はこちらを振り返り、涼しい瞳を向けている。

「俺がご馳走したい気分なんだ。それでいいだろ」

威厳があるような言い方をされたので、私はそれ以上何も言えなくなりお札を財布にしまった。

「……それではお言葉に甘えて。今日はたくさんありがとうございました」

「また会うことができたら一緒に呑もう」

「そうですね！」

「俺の周りにもこんなに酒の強い人はいないから、楽しかった」

「私もです。楽しい時間でした」

ニッコリ笑うと彼は温かい眼差しを注いでくれる。

冬の夜風は火照った頬に冷たくて気持ちがいい。セミロングのストレートヘアが揺れる。

歩き出すと、珍しく酔っ払ってしまった私は転びそうになった。

「きゃっ」

「危ない」

長い腕で助けられたおかげで倒れずに済んだ。

（いい香り……。ってキュンキュンしている場合じゃない）

ものすごく至近距離で見つめ合った私たちは、一瞬フリーズした。そして、慌てて離れる。

「す、すみません……」

「大丈夫か？　酔ってるな」

「多少は……」

「もしよかったら家の近くまで送るが」

一瞬お願いしようかと思ったが、このままお持ち帰りなんてことになってしまったら困る。

そんなふうに考えたけれど、いつも女性に言い寄られている彼は私になんか興味は持たないか。自虐的な気持ちになって苦笑いを浮かべながら頭を左右に振った。

「お気遣いいただきありがとうございます。タクシーを拾って帰りますので大丈夫です」

「そうか」

彼は手を上げてタクシーを止める。中に入るまで見届けられ、最後に柔らかく笑ってくれた。

「気をつけて」

「ありがとうございました」

ドアが閉められて車が走り出すと、なんとも寂しい気持ちに胸が支配される。ぽっかりと穴が開いたような……。

こんな感情を経験したことがない。自分の胸を手の平で押さえた。また会うことができますようにと願いながら。


翌朝、スッキリと目覚めて出勤する。

職場は品川にあり、電車で一時間。北海道出身の私にとって満員電車での通勤はそれだけでしんどい。でも今日はいつもより張り切っている。素敵な男性と思う存分、呑むことができてリフレッシュしたからか。

昨日出会った晴さんのことを頭に浮かべて、昨夜の余韻に浸る。また会えたらと密《ひそ》かな期待を胸に抱くが、私の給料ではいつも行けるようなレベルの店ではない。

あんな高級なお店、ブラックカードで普通に支払ってしまうなんて、どんな仕事をしているのだろう。

「おはようございます」

オフィスに到着してハキハキとした声で挨拶をし、自分の席に座った。隣の席の愛子が「何かいいことでもあったの?」と興味津々に聞いてくる。

「まぁーねー」

曖昧に答えながら、パソコンの電源を入れて業務開始の準備をした。

私の務めている部署は、六名のチームで編成されている。今は春に発売されるお菓子のパッケージデザインを考えているところだ。

春といえば桜、桜といえばピンク。ピンクといえば恋心……と、連想するのだけど、恋なんて言葉、私の辞書には存在しない。

しかし、昨夜出会った彼は本当に素敵だった。ついぼんやりしていると苦手な課長が近づいてきた。そして私の肩を興奮気味にポンポンと叩《たた》くのだ。

「おめでとうございます。今回のデザイン賞は大元さんです」

「え! まさか」

不定期で社内のデザインコンテストが行われている。パッケージ担当の部署だけではなく、イラストに自信がある人も参加可能だ。

我が社のパッケージ部門は花形の部署で、異動を希望する人が多い。そのような内部事情も知っているので、実際にデザイン部で働く私たちのプレッシャーは大きかった。

入賞者は二ヶ月間、海外研修の権利が与えられる。

（ということは、憧れのニューヨークで勉強して来られるってこと？）

「外国で頑張ってきてください。戻ってきてからの大元さんの活躍を期待しています」

夢でも見ているのだろうか。驚きすぎた私は、頬をつねって痛みをたしかめる。

「痛い」

愛子がニコニコと笑ってこちらを見ている。

「夢じゃないんだよ！　雪華、すごいじゃん！　おめでとう」

「ありがとう」

私にはこの仕事が本当に向いているのかと、悩んだことが何回もあった。

休みの日にもデザインの勉強をしたり、店に出かけたりして、努力を惜しむことはなかった。

だからこそ、このままでもいいのかと思い詰める日々が続いていたが、昨日晴さんと話をして、気持ちが楽になった。

自分の心が前向きに変わると、こうして環境も変わっていくのだと感じ、エネルギーが漲《みなぎ》ってくる。

今までの私だったら迷って外国に行く決断ができなかったけど、二つ返事をした。

「行かせていただきます！」

同じ部署のメンバーには、業務が増えて負担をかけてしまうけど、お互い様だからと快く送り出してくれる。しっかりと学んでまた会社に恩返ししていきたい。

手続きもスムーズに進み、二月から二ヶ月間、海外出張することになった。

晴さんに報告したくて、一週間後にもう一度あのバーに行ってみた。

ところが、なかなか姿を現さず。

時計の針が深夜十二時を過ぎるまで待っていたけれど、会うことができなかった。

もしここに来たら『連絡をください』と伝言を頼もうかとも考えたが、今は彼に会うことよりも、学ぶことに力を入れるべきだと何も残さずに店を出た。

ニューヨークの街は刺激的だった。

今までの私だったら絶対に思いつかないようなパッケージデザインが浮かんできた。

引き出しが増えることが私の仕事にとってはとても大切。経験が大事。

（……って。この言葉誰に言われたんだっけ？）

バーで知り合った素敵な男性、晴さんだ。

日本に戻ったら『あなたのおかげで迷わずに外国に来ることができました』と伝えたい。でも、タイミングよくまた会うのはなかなか難しいだろう。

恋をしたことがなかった私が唯一、素敵だなと思えた人だった。しかし今こうして外国にまで学びに来ているのだ。

今は恋愛ではなく仕事に集中しようと心を改めたのだった。

◆

「宇佐川副社長、ご依頼がありました書類が完成しておりますので、お手すきのときにご確認お願いします」

「わかった」

秘書の村瀬《むらせ》が人好きのする笑みをこちらに向けてきた。

高校時代から友人の村瀬紀夫《のりお》。

俺のことをしっかりと理解し、俺のペースに合わせられる。頭のいい男で仕事の段取りも素晴らしい。少々おちゃらけた一面もあり、笑わせてくれる。一緒にいてバランスのいい人間だ。

「明日の会食はいかがいたしましょうか？」

俺は少し考えて口を開く。

「断ってくれ」

「承知いたしました」

答えたのに村瀬は立ち去ることなく、こちらをじっと見つめている。

「なんだ？」

「ここから、友人モードに切り替えるぞ。何か気になることでもあるのかなって」

鋭い男である。

俺はある事件があってから恋愛を避けてきた。そんな俺が『一人の女性のことばかり思い浮かぶ』と口にしてしまえば、からかわれるのは間違いないだろう。だからここはごまかすしかない。

「別に、普通だが」

村瀬は顎をさすりながらニヤリとする。

「なんか上の空って感じがしてさ。お前にもついに好きな女ができたかと期待したんだけどな」

「ありえない」

即答する。

「でも早くいい相手を見つけられるなら、見つけたほうがいい。本当にお見合い結婚させられてしまうぞ」

「そうだな。好きでもない女と結婚して子作りをするなんて地獄だな」

椅子の背もたれに体重を預けて、村瀬を一瞥《いちべつ》する。

「いい報告をお待ちしておりますよ。では失礼します」

彼は秘書モードに戻り部屋を出ていった。


その夜、俺はバーへ向かった。カウンターに座り日本酒を注文する。もちろんホタテのカルパッチョも。

できるだけ会食は断って、雪さんと出会ったバーに足を運びたい。

俺の身分を知らないまま話しかけてくれたのが嬉《うれ》しかったし、女性と一緒にいて素の自分でいられたのもはじめてだった。

俺は大手アルコールメーカー『USAKAWA』の長男としてこの世に生まれた。

企業の名前を出せば、誰もが一度は聞いたことがあるだろう。

会社は父で五代続いており、ぶどう酒の製造からスタートした。

日本人に喜ばれる洋酒を広め大企業に成長し、今はアルコールだけではなくソフトドリンクや健康食品部門などもある。

世界中にグループ会社を抱え、社員は四万人を超えた。

この業界は世襲制で、一人息子の俺は将来社長になることが決まっている。ところが三十三歳になっても結婚する気配がない息子を心配して、父の機嫌は最近すこぶる悪い。

父の代で事業をさらに拡大した。その経営手腕は心から尊敬している。しかし結婚相手まで決められてしまうのは、いかがなものか。

業務提携を試みて、大手企業の令嬢を紹介されたことが何度もあったが断ってきた。

雪さんに出会った日。

父から呼び出され、三ヶ月以内に結婚相手を見つけてこなければ、無理矢理結婚させるとの通達が出たのだ。

そんな作り話のようなことが本当にあるのかと驚いてしまったが、どうやら父親は本気らしい。

短い期間で将来を共に歩みたい女性になど出会えるはずがない。

悩んだ俺は、たまたま近くにあったホテルのバーに入り、一人でイライラを流し込むようにアルコールを呑んでいた。

そんなタイミングで話しかけてきたのが彼女だった。

また逆ナンかとうんざりしたけれど、まさか日本酒のつまみの助言をもらうとは思わず、一気に興味を抱いてしまった。

雪さんと話をしながら酒を酌み交わす時間は楽しくて、あっという間に過ぎた。自分はアルコールが強いが彼女もなかなかだ。

女性でこんなにも酒に強い人に出会ったことがなく、気に入った。自然体で話すことができた。

自分の抱えている仕事に真摯に向き合い、前向きに取り組んでいるところにも好感が持てた。そして実家の経営が思わしくないから力になりたいと言っている姿に胸を打たれた。

彼女とはまた近い未来に会える気がして、連絡先を交換しなかった。名刺交換をして素性を知られたら敬遠されるかもしれない。

もしかするとその他大勢の女性のように、媚《こび》を売ってくる可能性だってある。だから、もう少し仲よくなって、将来共に歩んで行けそうな可能性があるか、もう少し見極めたかったのだ。

ところが何度通っても彼女が姿を現すことはなかった。

また会いましょうと言ってくれたのに、あれは社交辞令だったのだろうか。

手の届かないところに行ってしまった気がして、居ても立っても居られなかった。

もしかしたら他の男性と深い関係になっているかもしれない。

交際経験がないと言っていたが、あんなに性格がよくて人懐っこい女性だったら、本人がその気になれば恋人などすぐにできるだろう。

いまさら、彼女にアプローチしたところで、こちらに振り向いてもらえない可能性だってある。そんな想像をしながらアルコールを呑んでいると胸が張り裂けそうになった。

(俺としたことがどうしたんだ……)

もう恋はしないと決めていたのに、こんなにも気になって仕方がない女性に出会うなんて予想外だった。

(もしかして俺は彼女に恋をした?)

急に恥ずかしさが押し寄せてきた。頬が熱くなる。照れているのか、アルコールのせいなのか、わからない。

俺はほとんど酔うことがないのだ。だからきっと彼女を思い浮かべてこのような状態になっているのだろう。

認めたくないけれど、認めるしかなかった。しかし、どうやって雪さんを手に入れたらいいのか。俺は黙って考え込み、しばらく作戦を練っていた。

第二章　運命の再会

空港に到着して私は自宅への帰路に就くため、電車に乗っていた。ニューヨークで学んだことはとても勉強になり、これからの仕事に活《い》かしていきたい。

実家を立て直すことができれば役に立つ知識だが、経営は悪化していくばかり。

私は流れる景色を見ながら、小さなため息をついた。

今日は研修から戻ってきて体がとても疲れている。こんな日は日本酒を呑みたい。

（久しぶりにあのバーに行ってみようかな）

頭に浮かんだのは晴さんだった。

あれから二ヶ月過ぎているので、彼は私のことをきっと忘れている。

（やっぱり連絡先を聞いておけばよかったなぁ。晴さんとまたお酒が呑みたいよ……）

今までの人生でこんなに記憶に残る人はいなかった。

心に彼のことを思い浮かべながら、電車に揺られていた。

自宅に戻り、無事に帰国したことを実家の母に伝えるため、スマホを手に取る。すると同時に母から着信が入った。

「もしもし。今家に着いて電話しようとしていたところなの」

『無事に帰ってきたのね。長期出張お疲れ様』

いつも通りの穏やかな母の声を聞いて、日本に帰ってきたのだと安堵《あんど》する。

『急で申し訳ないんだけど、次の土曜日こちらに帰って来られる？』

「え？　何かあった？」

『酒造を助けたいって申し出てくれた人がいてね。土曜日の夕方にこっちにいらっしゃることになったんだけど、どうしても雪華もその話し合いに加わってほしいって。急で申し訳ないんだけど来てくれないかな』

「わかった。行く」

実家の事業を立て直すことができるなら私はどんなことでも力を貸したいと思っていた。だからすぐに返事をしたけれど一体どこの誰なんだろう。

「どんな人なの？」

『それがね。『USAKAWA』の関係者みたいで。どうしてそんな大手企業がうちに目をつけたのかしら……』

こんなことがあるのかと私も驚いた。

たしかに『USAKAWA』で日本酒がヒットしたとは聞いたことがない。事業拡大を図っているのだろうか。

「とりあえず話を聞いてみなきゃわからないけど、もしかしたら立て直せるチャンスかもしれないね」

『ええ。どんなことがあっても先祖代々、そしてお父さんが頑張ってくれたこの酒造を残していきたいと思っているの』

母の熱い気持ちを聞いて、胸が熱くなる。まずは、話を聞いてから判断したほうがいい。

「お土産もあるし、持っていくね」

『疲れているのにごめんね。気をつけて帰っていらっしゃいね』

「ありがとう」

電話を切ると私は早速格安の航空チケットをインターネットで予約した。

海外に二ヶ月行っていたし、その前は仕事でずっと忙しくて、ゆっくり帰省していない。家族の顔が見られるので、楽しみな気持ちが湧き上がってきた。しかしどんな人が来るのか、緊張する。

助けてくれるとの話なので、ついつい期待してしまう。しかし、冷静な判断ができるようにしようと思っていた。

◆

土曜日になり朝一の飛行機で私は北海道へと飛び立った。

新千歳空港から電車に乗って小樽へ。

小樽に到着して外に出ると、冷えた海風が流れていた。こちらに住んでいるときは気がつかなかったけれど、潮《しお》の匂いがする。

木造二階建ての建物が見えてきた。入口には『地酒』と書かれた旗が揺らめいている。

建物は店舗と工場になっていて、歴史的建造物としても認定され観光地も近いということもあり、工場見学を予約制で行なっている。

北海道は気候柄、一年中寒いため酒造りができるので、いつでもお客様に見ていただけるのだ。

実家は店のすぐ隣にあり、かなり古くなっている。修繕しようと考えていたが工場が火事になってしまい、そちらの費用にあてたので直す余裕がない。それでも家族はなんとか暮らしているので、まずは店を立て直すことが最優先だ。

店舗に入ると昔から働いてくれているパートの主婦が、私の姿を見つけて笑顔を向けてくれた。

「おかえりなさい！」

「ただいま」

お米の豊かな香りが充満している。ここに入ると実家に帰ってきたと心が温かくなるのだ。

小さい頃から私はこの匂いが大好きだった。大人になって早くお酒が呑みたいといつも思っていた。甘酒を飲みながら羨ましい気持ちだったのが懐かしい。

店舗裏へ進むと、母と弟は奥の部屋で事務処理をしていた。私の姿を見つけて二人とも立ち上がる。

「雪華、おかえりなさい」

「姉さん、おかえり」

髪の毛を一つに束ねて、私にそっくりな大きな二重と小さな鼻と薄い唇の母親。弟も瓜二《うりふた》つで眉毛が太く凛々しいのが違うくらいだ。

弟と母は『大元酒造』と背中に書かれた紺色のはっぴを着ている。家族の姿を見て気持ちが綻んでいたが、母が神妙な表情を浮かべた。

「さっき連絡があって、十六時頃に到着予定らしいわ」

「わかった。しっかり話を聞かないとね」

どんな人がやってくるのか。緊張で唇が乾いていた。長女としてしっかりしなければならない。

「はい、お土産。工場とお店のみんなで食べてね」

弟に袋を渡すと中を覗き込んでいる。

「外国生活していた人は違うな。随分ハイカラなお菓子じゃん」

「まぁね。荷物片付けてくる」

海外からのお土産を渡して、実家へと戻った。リビングには幼い頃の家族写真が飾られていた。店の前で撮られた写真。

父はいつも私に酒造への熱い想《おも》いを聞かせてくれ、幼いながらにここをいつまでも続けていかなければならないと感じていた。

「お父さん、なんとしても……守るから。安心してね」

写真の中の父に話しかけてから時計に視線を動かすと、時間が進んでいた。

そろそろ準備をしなければいけない。そこに母がやってきた。私たちは大事なお客様を出迎えるときには、着物を着ることにしている。

「雪華、さあ着付けするわよ」

「お願いします」

今日は我が家の酒造の未来がかかっている大事な話し合い。大変だけど着物を着て気合を入れよう。

母は、淡いクリームの染め地に松竹梅柄が細やかな金で彩られているシンプルでありながら気品がある訪問着だ。藍色の帯がとても似合っている。

私は薄紫色の無地。帯は白色で淡い桃色の水玉を雪に見立てたもの。冬らしさを添えてくれているコーデだ。

あっという間に着付けが終わり、髪の毛を結い上げてもらった。最後に私は自ら化粧をした。完成した私の姿を見て母が目を潤ませている。

「着物を着せると雪華も大人の女性になったんだなって」

「そうだね。なかなか結婚とか、浮いた話がなくてごめん」

「いいのよ。運命の人に出会えば結婚すればいいし、もし出会えなかったら無理して結婚することもないわ」

母は小さい頃から私の生き方を尊重してくれる。寛大な母に育ててもらったからこそ、私はこうして自由に過ごせているのだ。

「さあ、もうすぐお見えになるから行きましょう」

私と母は応接室に向かった。

約束時間の十五分前になり、応接室で待機をしていた。待っていると弟が近づいてくる。

「どんな話をされるんだろうね……緊張する」

「ああ。どんな手段を使ってもここを残していきたいけど、あまりにも酷《ひど》い条件を突きつけられたらどうするかだな」

「お父さんが命を懸けて守ったところだから、たとえ厳しい条件でも呑むしかないんじゃないかな？」

弟は深く頷く。

扉が開き視線を動かす。母の隣には上質な生地のスーツを着た男性が立ち、こちらに意志の強そうな瞳を向けている。

視線が合うだけで、私の心臓がドキドキと異常な動きをした。

少々冷静になり、彼の顔をじっと見つめる。

黒髪がきっちりと整えられ、鼻筋が通っていて形のいい唇。

(この人が大企業の関係者……って、え？　晴さんだ！)

私は驚きすぎて、口から心臓が飛び出そうになった。

ホテルのバーで意気投合し、素敵な人だと思った唯一の人。

また機会があれば会いたいと思っていたのに、まさかこんなところで再会するなんて。

(ゆ、夢だ。これはきっと夢！　何かの間違いだよね？)

彼は私を頭のてっぺんから足の先まで品定めするかのように見てきた。私がここにいることを知っていたかのようだ。

あのときは珍しく酔っ払ってしまった。実家の話をした記憶がわずかに残っている。

「長男の雪也《ゆきや》と、長女の雪華です」

母に紹介された私は唖然《あぜん》としながらも頭を下げた。

(会ったことがあるって言ってもいいのかな。いや、ここはまず相手の出方を見てからにしよう)

「『USAKAWA』副社長の宇佐川晴臣《はるおみ》と申します」

自己紹介をしてから、彼は私と弟に名刺をくれた。

名刺にはしっかり『代表取締役副社長』と書かれている。品のいい男性だとは思ったけれど、まさか大企業の副社長だったとは。

度肝を抜かれた私は気を失いそうになり、しばらく言葉が耳に入ってこなかった。

昔から利用している黒の三名掛けソファーに私たち家族三人が並んで座り、宇佐川さんが向かいに腰を下ろす。

座っても背が高いのがわかるほど、スラッとしていて相変わらずスタイルがいい。

今までの人生で私は恋愛をしてきたことがない。

学校で人気者の男の子とかアイドルを見てかっこいいなと思ったことはあったけど、誰かを心から愛するという経験をしたことがなかった。だから素敵だと思っていた男性が仕事目的で、こうして目の前に座っているのが残念でならない。

せっかく気になる存在に出会えたのに、こんなに大企業の人なら私の手には届かないだろう。淡い恋心が儚《はかな》く消えていくような感じがした。

「お時間を取らせてしまい申し訳ありません。早速本題に入りたいと思います」

宇佐川さんが話を進める。私たちはお辞儀をした。

「電話で説明させていただいた通り、我が社で大元酒造を買収したいと考えております。失礼ながら経営状態を調べさせてもらいました。今の状態では、あと数年続けていけるかどうか、ですね」

酒蔵の長女として、目を背けたい現実を突きつけられたような気持ちになる。

「しかしこんなに素晴らしい商品がたくさん製造されていて、歴史もある酒造を潰すわけにはいきません。弊社の傘下にはなりますが、今まで通り職人の方にも働いていただき、店舗もこのまま引き続き営業してもらいたいと考えております」

うちにはものすごく都合のいい話なので、かえって変に思った。

それは弟も同じようで、目を細めながら宇佐川さんを見つめて口を開いた。

「とてもいい話だと思うのですが、なぜうちの酒造なんですか？」

彼は機械的な笑みを浮かべた。

「北海道のお酒はとても美味しい。単純にファンなんです。弊社は日本酒部門が弱いものでして、どこかに傘下に入っていただきたいと、前々から考えておりました。『USAKAWA』に仲間入りすれば、売上がかなり見込めます。そうであれば、経営で困っているところをお助けしたいと思ったのです」

用意してきたかのように淡々と説明された言葉のようで怪しい。

「私たちは、どんな手段を使ってでも、この酒造を残していきたいと考えております」

　母が今にも消えてしまいそうな声でそう言った。

　同じ気持ちの私は深く頷く。その様子を見た宇佐川さんが何かを企むように口元に笑みを浮かべる。

「そうでしょうね。ただ一つだけ条件があります」

「条件ですか？」

　おそるおそる尋ねる母に、宇佐川さんはゆっくりと頷いた。

「長女の雪華さんをいただけませんか？」

　頭にはクエスチョンマークが浮かぶ。それはきっと私だけではなく母も弟も同じだろう。

　今の言葉を解釈すると、私と結婚したいと言っているようにも聞こえた。

（まさか政略結婚？　……たしかにうちは北海道ではちょっとした有名な酒蔵だけど……。どうして私なの？）

　頭で考えても答えが見つからなくて、質問をぶつけるように、そしてほんの少し期待を込めて眼差しを送る。

「理由を申し上げておりませんでしたね。こちらもビジネスですので最大限にメリットを引き出さなければと。もし大元酒造さんが我が社の傘下に入ってくれたと仮定して、自分がそこの長女と結婚するとなれば、話題性も呼びますよね」

穏やかな口振りで言われたが、金槌で頭を打たれるかのようなショックがあった。

一緒に呑んで少し素敵な人だなと思っていたから、なおさら悲しかった。

私のことを気に入っていたから声をかけてくれたわけではなく、単純に話題性になるからとの理由。

その答えを聞いた母は、膝の上で握りしめる拳が震えていた。

「……大事に育ててきた娘です。娘には幸せになってもらいたいんです」

「ええ。不自由ない生活を約束します」

目の前にいる男は結婚に対して夢がないようだ。

どうしてこんなにも冷静な口調で、自分の未来を決めるようなことを言ってしまうのか理解に苦しむ。

会社のためだったら、好きでもない女と結婚するという冷血な人なのか。

頭の中でぐるぐると考える。でも、この結婚を受け入れて傘下に入ることができれば実家は救われる。

小さい頃から長年働く職人さんや、商品に対して愛情たっぷりに説明をしながら販売してくれているパートのみなさんが頭の中に思い浮かんだ。

そして何よりもうちのお酒を大好きだと言ってくれるお客様の笑顔が脳裏から離れない。代々大切にしてきたこの酒造を私たちの代で終わらせてしまったら、一生後悔がつきまとってくるだろう。

その一方で迷いが出てくる。会社にはデザインの勉強をさせてもらった。たくさんのことを学び、これから会社で頑張ろうと心を入れ替えたところだった。

デザインを担当した商品が大ヒットするのが夢だ。でも結婚してしまえば叶《かな》えられなくなってしまう。

諦めて愛情のない結婚生活を送ることを想像したら、腹の底から悲しみと恐怖心が湧き上がってきて体が震えだす。だけど狼狽《ろうばい》を顔に浮かべないように心がけていた。

すぐには答えが出せない。

「突然こんな話をされても即答できないでしょう。一週間、お待ちしますのでよく考えてみてください。お互いにとって何が一番いい道なのか」

私たちが偶然会ったことを忘れているのか、それとも忘れたふりをしているのかわからない。

(私が彼を素敵だなと思ったように、彼も私のことを……なんて期待はしてもいい?)

今は愛し合えない二人でも、夫婦として生きていく明るい光があるのか、それをたしかめたくて私は彼を見た。

「お時間いただきありがとうございます。一週間しっかり考えさせてもらいますね。せっかく小樽に来たのですから、もしお時間があれば観光して行かれませんか？　ご案内いたしますよ」

心の中では動揺してどうしていいかわからなかったけれど、余裕たっぷりの笑みを浮かべた。宇佐川さんは穏やかな表情を浮かべて頷く。

「今夜はこちらに宿泊する予定でしたので、ぜひお願いします」

話は三十分もかからずに終了し、私と宇佐川さんは一緒に店から出た。

難しい話はなしにして、小樽を好きになってもらいたい。私の生まれ育った場所だから……。

小樽運河やオルゴール堂など基本的な観光地を案内することにした。スーツ姿の男性と着物姿の私が歩いているので少し目立つ。しかも、宇佐川さんは飛び抜けたハンサムな容姿をしているせいで、すれ違う人の視線を集めていた。

「北海道には仕事で何度も来たことがあったけど、こうして観光地を歩いたことはなかった」

「そうなんですね」

彼は売られているものや歴史ある建物を興味深げに眺めていた。

先ほどまではビジネスマンという感じで話をしていたが、今はまるでプライベートモードに感じる。

説明する私に耳を傾けて真剣に話を聞いてくれた。

「観光船もあるので乗っていただきたいのですが……」

「気持ちだけで充分だ。着物を汚してしまっては困るだろう?」

柔らかく微笑んで言われると胸がキュンとしてしまう。でも騙《だま》されてはいけない。

私との結婚ですら仕事で利益を得るために利用しようとしている人なのだから。

嫌な気持ちが渦巻いているはずなのに、なぜか一緒にいると心地がいいと思う不思議な感覚に陥っている。

「ちょっと休憩しませんか?」

彼の横顔に話しかける。

「いいですね」

「甘いものはお好きですか?」

「好きですよ」

歩き疲れたので、私たちは有名な甘味処《あまみどころ》に寄ることにした。

名物のチーズケーキを食べながら会話をしていると、デートをしている気分になる。

本当の恋人だったら幸せだったのに。

バーで会ったことを一向に触れてこないので、私は質問してみることにした。

「あなたが大企業の副社長さんなんて、全然気がつきませんでした」

「そうだろうな。もし知っていたらあんな態度は取ってこなかっただろう？」

肩を上下に動かして笑っている。

「勘違いしないでください。もし、大企業の副社長だと知っていても私は日本酒に対するこだわりは強いので、絶対に指摘していました」

「そういうところ、嫌いじゃない」

熱い視線を向けられると、心臓がドクンと動いた。

今の二人に愛はないけれど、夫婦として協力していけば素敵な家庭を作ることができるのではないか。淡い期待が胸を支配していく。

こんな考えは甘いのかわからないが、恋愛を一度もしたことない私には突然降って湧いてきた結婚の話。少しでも希望を持てる道がないかと模索する。

チーズケーキを食べながらコーヒーを啜《すす》る姿は、まるで王子様みたいだ。

（こんなに品がいい人が世の中にいるなんて……）

「何か？」

「いえ、美味しそうに食べるなと思いまして」

「何度か食べたことはあったが、本店で食べるとまた格別だ。また食べたくなる。取り寄せして社員に食べさせたい」

甘味処を出ると空気が冷たくなっていた。

「冷えますね。大丈夫ですか？」

「お気遣いありがとう。優しいな」

太陽が沈んで夕陽《ゆうひ》が美しいが、彼の笑顔はもっと美しい。

小樽運河を歩いていると、とてもロマンチックで、恋愛小説の主人公にでもなったかのような気持ちだった。

素直に観光を楽しんでいる姿を見ていたら顔がほころんでしまう。観察していることがバレないように正面を向く。

「素敵な街で育ったんだな……雪華さんは」

下の名前で呼ばれ、ハッと横を見る。

「宇佐川さんは私とではなくて……。本当は結婚したい人とかいるのではないですか？」

「雪華さんは？」

真剣な眼差しを向けられたので私は言葉に詰まった。もう二十六歳なのに一度も異性と付き合ったことがない。バーで呑んだときに、交際経験がないと話をしてしまったが、好きな人はいるとか、言い寄られてるとか、それくらいのレベルの女性だというふうに思われたくて、咄嗟に嘘《うそ》をついてしまった。

「そりゃ私もお年頃ですので、声くらいはかけられます。仕事が忙しくて……そ、そういう相手は今はいませんけど」

答えを聞いた彼の表情が若干強張《こわば》っている気がした。

「利益のために結婚をしようって、そう考える思考が私には理解できません」

「理解してもらう必要はない。雪華さんは実家を守りたいか守りたくないか。そのことだけ考えてくれたらいい」

「……ずるいです」

またビジネスマンのような顔をしてこちらを見ている。

私はなんだか悲しくて鼻の奥がツーンと痛くなった。悔しいから泣かないって決めているけれど、本当は恋愛をして結婚をしたかった。

それを宇佐川さんに求めてはいけないとわかってはいるけれど、どうしても期待する自分がいる。

「先ほども言ったが酒造の娘と結婚というのは話題になる。それに俺は跡継ぎを早く作れと急《せ》かされていて。子供を産んでくれる女性がいれば誰でもいい」

ナイフで心臓をえぐられるような痛みが胸に走った。バーで出会ったとき、少しでも素敵だと思った私の脳みそを呪いたい。

こんなに人間味のない人の妻になるなんて暗い未来しか想像できなかった。もし出産したとしても、愛のない夫婦の元で育つ子供は不幸になる可能性もある。

宇佐川さんとなんて入籍したくない。でもここで結婚を断ってしまえば実家を助けることができないのだ。

どんな表情を向けていいかわからず私はうつむいてしまった。

「雪華さん」

「はい」

名前を呼ばれて顔を上げる。

「ご馳走するから、夕食にも付き合ってもらえないか?」

本当は実家でゆっくり食べたかったけど、自分の立場が弱い気がして断ることができなかった。

地元民が行く寿司屋《すしや》に入り座敷席の個室に案内された。

新鮮な海の幸を味わいながら、私の実家で作られているお酒も提供している店だったので、地酒を一緒に呑む。

純米大吟醸酒は『吟醸造り』と呼ばれる製法で作られており、大好きなお酒の一つだ。

「フルーティーだ。まるでバナナのような香りがする」

「そうなんです。低温で発酵させることによって、果実のような特有の吟醸香をもつように醸造しているんですよ。だからそのバナナのようなっていう表現は合っているんです」

「日本酒は奥が深い。知れば知るほど虜《とりこ》になっていきそうだ」

リラックスをして満足そうに食事をしている姿を見ると、胸がときめいてしまう。

こんな素敵な人と夫婦になることができれば幸せな未来が待っているかもしれない。

そう勘違いしてしまいそうになった。でも本当の彼は違う。利益のことと子供を産んでくれる女性がいればそれでいいのだ。

気持ちがどんどんと重くなってきて、せっかくの新鮮なお寿司も砂をかんでいるようだった。こんな嫌な気持ちで食事をするなんてもったいない。私は少しペースを上げてお酒を流し込んでいく。

お猪口が空《から》になると彼はすかさず注いでくれる。バーで出会ったときも思ったけどよく気がつく人だ。

「結婚するなら本音でぶつかり合える関係になりたいです……」

「どうぞ。何でも言って」

「せっかくデザインを学んできたのに、結婚すると挑戦できなくなってしまうのは悲しいです」

アルコールが入るとつい本音が出てしまう。彼と呑んでいると私は酔ってしまうのだ。

いけないと思って慌てて彼の目を見たら、まるで愛する女性を見ている恋人のような瞳だった。それでまたドキッとする。

「デザインを学んできたとは？」

「宇佐川さんとバーで呑んだ次の日に、社内コンテストで私のデザインが選ばれて。受賞の特典は海外研修二ヶ月なんです。今までの私はデザインの仕事に自信がなくて、このまま本当にいいのかなと悩んでいたんです。でもあのとき、アドバイスしてくれたので、迷わず海外に行くことを決めました」

「そうだったのか」

彼は謎が解けたような表情を浮かべた。

「結婚なんて考えたことなかったんで。これからも仕事する未来ばかり描いていました。私の考えたデザインで大ヒットするのが夢だったんです……。仕事は辞めないといけませんよね？」

「副社長の妻となるのだから、今の会社は辞めてもらう必要がある」

少しだけ申し訳なさそうな面持ちをしたのは気のせいだろうか。

自分の利益のために一人の女性の人生を変えてしまったとか、多少なりとも罪悪感があるみたいな雰囲気だ。

彼にそこまで優しい心があるのかわからないけれど、期待している自分もいた。

「夢を追いかけるのもいいが、実家を助けるには俺と結婚するしか方法はない。雪華さんは頭がよさそうだ。どの道を選ぶのが一番いいかわかるだろう」

ほんの少し暖かい気持ちになっていたのにすぐに突き落とされる。

この人と愛し愛される日は未来永遠にこない。過剰な期待はしてはいけないと自分に言い聞かせるようにしていた。

「もしこの話を受けるとしたら、私はいつ頃退職しなければいけないんですか？」

「すぐにでも退職の意向を伝えてもらいたい。三月に入ってしまっているから、四月になるだろう」

そんなにすぐに仕事を辞めて、結婚しなければいけないなんてショックだった。

「本当に私でいいんですか？　結婚して後悔しませんか？」

「とにかく時間がないんだ」

そんな冷たい言い方をしなくてもいいのに。でもそれだけ彼は家族から跡取りを作るように重圧をかけられているのかもしれない。

重たい気持ちのまま時間を過ごし、二時間ほど食事をした。

店を出ると彼はまだ何か話したそうだ。

「せっかくだからもう少し呑んで行かないか？　……アルコールが強い人はなかなかいない。雪華さんならまだいけそうな気がして」

「まだまだ大丈夫そうですけど、久しぶりに北海道に帰ってきたので家族と過ごしたいと思います」

「そうだった。家族とも話し合ってもらわなきゃいけないことがたくさんあるだろう。

「遅くまで付き合わせて申し訳なかった」

こちらにまっすぐ視線を向けてくる。心が傷つくような言葉を投げかけられているのに、どうしても悪い人に思えないのが不思議だった。

「家まで送っていく」

「大丈夫です。今日はご馳走になりありがとうございました。近いうちにご連絡します」

私は頭を下げて彼の元から去っていった。

実家に戻ると母と弟が緊張感漂う様子で迎えてくれる。

「随分遅かったわね」

「あの男に何か嫌なことされなかった？」

母と弟が続けて言葉をかけてきた。

「大丈夫。お寿司をご馳走になっちゃってね……」

まずは苦しい着物を脱がせてもらい、家族三人で話し合いをすることになった。

リビングに集まりお茶と煎餅が出される。

最初に口を開いたのは母だった。

「一見穏やかそうに見えるけど、利益のことしか考えてない冷たい人だわ」

「あれだけの大企業の副社長なんだ。冷たい人間になってしまうのも頷けるよな」

弟が残念そうな口調で言う。

「うん……。ここを残すためには、あの人に助けてもらうしかないよね」

跡取りを産む女性がいれば、誰でもいいと言われたことを二人に伝えてもいいのか悩んだ。でも余計なことを言うと、母を心痛させてしまう。

「でも自分の人生を大事にして」

母が私の手をそっと握った。

「ありがとう。実は一度、たまたま呑んだことがある人だったの。でもそのときは大企業の副社長さんだと知らなくて。彼がどんな人かわからないけど、きっと悪い人じゃない気がして。だから結婚しようと思ってるよ」

私は詳しい内容は話さずに、打ち明けることにした。

「そうだったのね……」

「それは運命の相手かもしれないな。でも、姉ちゃん、母さんの言う通り自分の人生だから、真剣に考えてくれよ」

「うん、わかった」

私は二人を安心させるように笑顔を作った。

◆

月曜日を迎え、いつもの一週間がはじまる。

昨日、私は東京へと戻ってきた。せっかく実家に戻ったがゆっくりできなくて残念だ。

どうにかして実家を助けたいと思っていた私の答えは決まっている。でもなんとなくギリギリまで返事をしたくない。実家を助けるためにはこの方法しかないのはわかっているが、悔しかった。

一度も付き合った経験がない私が、出産なんて想像がつかない。子供を作るような行為すらしたことがないのだ。目が覚めていきなりジェットコースターに乗せられたような状況に置かれているみたい。

デスクについて仕事をしながらこれからの未来を考えていると、頭痛を覚えてこめかみを押さえた。

「どうしたの？　大丈夫？」

愛子が気にかけてくれる。

「大丈夫。ちょっと寝不足で」

「急遽《きゅうきょ》実家に帰るって言ってたもんね。大変なの？」

「少しね……」

私は両頬を軽くパンパンと叩いて気を引き締める。

「今は仕事に集中しないとね」

にっこりと笑ったけど、気持ちが落ち着かなくてずっと息苦しかった。

一週間、なんとか生活して土曜日になった。

いつもなら買い物や友人とランチに行くのだが、今日はずっと家にいて考え込んでいた。

夕方になりそろそろ結果を伝えなければとスマホを手に持つ。

母親に電話をかけ、結婚する道を選んだことを伝える。

『……雪華、苦労をかけてごめんね』

「実家が救われるのは私の一番の願いだから。可愛い子供を産んで孫の顔を見せにいくから楽しみにしててね」

明るく振る舞って電話を切った。続いて宇佐川さんから渡された名刺を手に持って、じっと見つめる。

この結婚に甘い期待をしてはいけない。これはあくまでも実家を救うための手段なのだ。何度も悩んだけれど、これが私の出した結果である。

深呼吸をして、番号を押していく。三コール数えたところで電話がつながった。

『宇佐川です』

電話越しで彼の声を聞くのは、はじめてだ。低くてよく通り、とても素敵である。

「……大元です」

『あぁ……』

仕事中なのか、そっけない返事をされる。

「お返事をしたいのですが、今お時間よろしいでしょうか？」

『構わない』

用件だけ伝えて早く電話を切ろうと思った。だけど予想以上に緊張してしまい言葉に詰まる。私は大きく息を吸い込み気持ちを落ち着かせて一気に言葉を出した。

「お話をお受けいたします」

『ありがとう。詳細は追って連絡する』

忙しかったのか電話はあっけなく切られた。でも、ありがとうと言ってくれたことは、素直に嬉しい。実家を救ってくれるのでこちらこそ感謝しなければと思いつつ、スマホを抱きしめた。

第三章　慣れない嘘

職場にて、パソコンに向かって企画書を見ながら切なくなる。この仕事も誰かに引き継ぎしなければいけないのだ。せっかくいい案を思いついたのに。

返事をした日の夜、宇佐川さんから電話がかかってきた。今後の打ち合わせがしたいとのことで、土曜日の昼過ぎに会うことになり、落ち着かない気持ちで平日を過ごす。

（本当に結婚してうまくやっていけるかな……）

実家を守りたいという一念だけで、結婚することを決めてしまったが、自分が将来社長夫人になるという自信がない。

本当は怖くて怖くてたまらないのだ。でも私は酒造を愛してくれる人たちのためにも応えたかった。

仕事も楽しかったし、業務終了後に愛子との呑み会になかなか行けなくなってしまうのが寂しい。

まずは、宇佐川さんと具体的に話が進んでから退職届を提出するつもりだ。

そして、金曜日。一週間の仕事が終わりデータを保存した。

明日、宇佐川さんに会う約束をしている。これから結婚の日取りなど決めていくはずだが、対面して話すのはやっぱり緊張する。もうなるようにしかならないと少しだけ諦めの気持ちもあった。

パソコンの電源を落として立ち上がると愛子が顔を近づけてくる。

「雪華、久しぶりに呑んで帰らない？」

誘ってくれたので頷きそうになったけど、頭を左右に振った。

「ごめん。ちょっと用事があって準備しなきゃいけないんだ」

「え？　なになに？　デート？」

「まさか」

男性と会うことは間違いないが、残念ながらデートではない。政略結婚の話し合いなんて言えず私は濁した。

「用事があるなら仕方がないね」

私たちは話をしながら廊下に出てエレベーターに乗る。

「でも呑みにいくのを断るなんて、よほど大切な話なんだね」

「うん。ちゃんと時期が来たら話するから」

「自分の中で溜め込みすぎないでよ？」

「ありがとう」

愛子はいつもこうして話を聞いてくれて、これからもずっと付き合っていきたい人だ。

エレベーターのドアが開き一緒に外にいく。

「じゃあ、私は友達の店に寄ってから帰ろうかな。また来週ね」

「うん、お疲れ様」

別々の方向に向かって歩き出す。

明日、宇佐川さんに会ったら結婚への道がどんどんと現実になっていくだろう。私と宇佐川さんが夫婦になるなんて、まるで夢を見ているみたいだ。信じられない気持ちのまま歩みを進めていた。

家を救うために一緒になる。この選択がどうか吉と出ますようにと願いながら。

ほとんど眠ることができず、宇佐川さんに会う当日を迎えてしまった。何を着ていいのかわからず、家にある中で無難なピンク色のワンピースを選んだ。

メイクを済ませ髪の毛は、ハーフアップにして整える。そして約束の十四時に間に合うように家を出た。

どんな話をされるのか不安しかないが、すべて受け止めようと深呼吸しながら駅に向かう。

休日の電車の中は少々混んでいて、友人と出かけたりカップルでデートしている人がいたり。なんだか楽しそうな雰囲気に見えて、自分だけこの愉快な世界から取り残されているような気がした。

指定された場所は有名ホテルのラウンジだった。待ち合わせにこんな高級ホテルのラウンジを選ぶ人なんていない。私と彼では生きる世界が違いすぎる。さすが大企業の副社長だ。

到着し中に入ると、広い空間が広がっていて、優雅な時間が流れていた。友人とランチに来たいなと思いながらラウンジに進む。

十五分も早く到着してしまったので、先に入って待っていることにした。

低いソファーに腰をかけ、アイスティーを注文する。一杯、千五百円ってどれだけの量が出てくるのだろうかと楽しみにしていたら、細いコップにほんの少ししか入っていなかった。

東京に出てきて何年も経《た》っているけれど、ホテルの値段設定にはなかなか慣れない。

宇佐川さんは、高級品に囲まれて生活することが当たり前になっていそうだ。

そんな人と私は本当に一緒に生活をすることができるのか。迷いが出てきて頭の中が混乱した。でも一度決めたことだからと頭を振って考えないようにする。

「……だめだめだめ」

思考が他のことに行ってしまわないように、うつむいて小さな声で呪文のようにつぶやいていた。

そっと瞳を開いた私の目に、磨かれた革の靴が映る。視線を動かして見上げると、不思議そうな顔をした宇佐川さんが私を見下ろしていた。

「何がだめなんだ?」

「いえ、独り言です」

意味がわからないというように首を傾げて彼は私の目の前に座り、ホットコーヒーを注文した。

「お待たせして申し訳なかった」

宇佐川さんは、今日もスーツを着こなしていて、どこから見ても素敵だ。この人と衣食住を共にするなんて想像がつかない。

髪の毛が跳ねているところとか、パジャマを着てダラダラしているところとか、思い浮かべてみるけど、宇佐川さんとはかけ離れている。

「早速、本題に入らせてもらう」

「はい」

「結婚は俺が一人で決めたことだ。これから両親のところに行って挨拶をする。だから話を合わせてほしい」

まさかの話に私は目が点になった。

「そんな、突然困ります。話を合わせると言われましても……私、あなたのことを何もわからないです」

「身長一八五センチ。O型。趣味はアルコールを嗜《たしな》むことと、音楽鑑賞だ」

「音楽鑑賞が好きなんですか？」

「あぁ、海外のアーティストで、余裕があれば外国までライブに行くこともある」

「ちなみに何という人ですか？」

「XCB」

「え、私も大好きです！　まだ来日したことないですよね。一度ライブに行ってみたいと思ってたんですけど、なかなか来てくれなくて」

ＸＣＢは三人組のイギリスのアーティスト。デビュー直後に全米チャートを独占している。ここ最近日本でも人気が出てきた。

「そうだったのか。俺たちは趣味が合うようだ」

顔が緩みそうなってしまった。でも安易に考えてはいけない。

「それだけではすべて知っているなんて言えません。私、嘘つけないんです」

「実家を救うために嘘をつくんだな。まずは俺のことを下の名前で呼ぶこと」

「恥ずかしいです」

「……時間がないんだ」

ムッとした表情を浮かべられたので、宇佐川さん改め晴臣さんと呼ぼうと決意を固める。

「……晴臣さん」

「俺は雪華って呼ぶ」

呼び捨てされるとまるで彼の所有物になったような気がして、体の底から温かいものがふつふつと湧き上がってくる。

（ドキドキしている場合じゃないのに）

晴臣さんは、腕時計を確認した。

「迎えの車が来るから出るぞ」

「……そ、そんなっ」

スッと立ち上がった彼の後を慌てて追いかける。晴臣さんとの人生は本当にジェットコースターのようなものかもしれない。

玄関を出ると運転手が後部座席の扉を開いていた。私が先に乗せられ隣に彼が座る。

「三十分ほどで到着する。自由に過ごしていてくれ」

そう言うと膝の上にノートパソコンを広げて仕事をはじめた。彼はものすごく忙しいのだ。邪魔をしないように私は黙っていた。

流れる景色を見ながら、緊張で汗のかいた手を握る。

(私も結婚したいと演技をしなければいけないなんて……。なんか話が違わない?)

大きな門の前に到着し、開かれて中に入っていく。

綺麗に手入れされた庭が目に飛び込んできて、家の大きさに度肝を抜かれた。

(す、すごすぎる……)

「これ、手土産に渡してくれ」

「は、はい」

車が建物の前で停車しノートパソコンパタンと閉じる。

「雪華、じゃあ頼んだぞ」

「わかりました」

返事してしまったが、うまくいくのだろうかと苦悶《くもん》した。

車から降りて後ろについていくと、躊躇《ちゅうちょ》なく玄関の中に入る。彼の実家なので当たり前だが、私の心臓は壊れてしまいそうなほど激しく鼓動を打っていた。

「お帰りなさいませ」

家政婦が頭を下げて出迎える。

「ただいま」

テレビでしか見たことのない光景に顔が引きつりそうになった。履くのがもったいないと思うほど立派なスリッパに足を入れてゆっくり進んでいく。

「広い家ですね……」

「これが当たり前だったからよくわからない。ちなみに俺はマンションに住んでる。結婚したらマンション暮らしと一軒家どっちがいい？」

突然具体的な話になったので、動揺して何も答えられない。

彼は柔らかく微笑んでから「まあゆっくり考えたらいい」と言った。

応接室の前に到着してノックをする。

「晴臣です。入ります」

ドアを開けて中に入ると大きなソファーが何脚も置いてあり、背の低いテーブルは金色で縁取られていてゴージャスな雰囲気が漂っている。

立ち上がったロマンスグレーの髪の毛をした品のある男性と、色が白くて美しい年配女性がこちらに視線を向けてくる。

「晴臣、おかえりなさい」

「ただいま、母さん」

「早速紹介してくれないか」

「はい」

年配の男性に急かされて晴臣さんは私に視線を動かした。

「結婚したいと思っている女性の大元雪華さんです」

「はじめまして。晴臣さんとお付き合いをさせていただいております、大元雪華です。こちらつまらないものですが」

車を降りるタイミングで手渡された紙袋。両親へ手土産ということで渡してほしいと言われていたのだ。

「晴臣の父です。ご足労いただきありがとうございます」

「母です。お会いできるのを楽しみにしておりました。大好きなお店の羊羹《ようかん》だわ。大事にいただきますね」

手土産を受け取った晴臣さんの母親は、機嫌をよくしているようだった。ここまで準備しておくなんてさすが晴臣さんだ。

「母さんが好きな羊羹だって話をしたことを覚えていて、彼女が準備してきてくれたんだ」

「あら、わざわざ気を遣っていただいてありがとうございます」

いい雰囲気に変わっている。

「まあ、かけてください」

お父様に促されて、私たちは腰を下ろした。

「二人は、アルコールがきっかけで知り合ったと聞いたが」

私に目が向けられたので答えようとすると、晴臣さんが口を開いてくれる。

「ええ。先日お伝えしました買収した酒造のお嬢様です」

「それは話題性になっていいんじゃないか」

認めてくれているようでとりあえずホッとする。

父親の反応はいいが、母親はまだ聞きたいことがありそうだ。

「雪華さんは今までに大きな病気をしたことはありますか？」

「いえ……ありません」

「女性は健康で夫を支えなければいけませんからね」

若干差別的なことを言われている気がするが、私は笑顔でやり過ごす。

「それでは、晴臣の嫌いな食べ物は何かわかる？」

わかるはずがないので、困ってしまうが私は余裕な笑みを浮かべた。

「私の作る手料理は何でも食べたいからと嫌いな食べ物を教えてくれないんです。今まで出したものの中で食べてくれなかったものはありませんでした。今度こっそり教えてください。料理に細かく刻んで入れて食べてもらおうと思います」

私はすらすらと答えた。隣にいる彼はどんな表情をして聞いているのだろう。普段嘘をつくことがないので心臓がドキドキとしている。

母親は安堵したように両手を重ね合わせ笑っていた。

「嫌いな食べ物が多くて困っていたのよ。それこそ細かく刻んでわからないようにって家政婦に指示しても、すぐに見つけ出すの」

息子が可愛くて仕方がない様子だ。

「お母様が幼い頃にそうやって嫌いなものを食べさせてくださったおかげで、今は何でも食べてくれるようになったんですね」

横を向いて合図するように相槌した。晴臣さんもつられるように頷く。

「たしかに母さんのおかげで好き嫌いが減った」

気分がだんだんよくなっているようで両親の表情が明るくなっていった。

「早く結婚しろと言っていたんだが、なかなか相手を連れて来なくて困っていたが、申し分のないお嬢さんで安心している」

父が言うと母が頭を縦に動かした。

「まずは結婚の日取りを決めたほうがいいわ。赤ちゃんの顔が早く見たいもの。晴臣の子供なら絶対可愛いに決まっているわ」

早速威圧をかけてくる。授かりものだし、どのタイミングでコウノトリがやってくるかなんてわからない。でも私は何も言えずに笑顔を浮かべるだけだった。

「母さんの言う通り早いほうがいい。跡取りを急いで作ってもらわなければ困るからな。お前には早く社長になってほしい。そうでなければ安心して第一線を退くことができない」

「ええ、お任せください」

晴臣さんは重苦しいような気持ちを無理矢理、明るくするような返事をしていた。これが一人息子の重圧なのだろう。それが嫌でむしゃくしゃする日もあったと想像する。彼は彼なりの苦労をしてきたのだと悟った。

「彼女は今仕事をしているので、できる限り早く辞めてもらいます。三月末には入籍して一緒に暮らしはじめようと考えております。家はマンションを購入するか、一軒家を建てるかまだ検討中でして」

「一軒家のほうが子供はのんびりと遊べるのではないかしら」

「二人で話し合って決めようと思います。な、雪華」

「はい。お父様もお母様も気軽に遊びに来てくださるような家にしたいと思います」

私は動揺しながらも隣でにっこりと笑顔を浮かべた。こんなの私のキャラクターじゃないと思いながらなんとかこの場を凌《しの》ごうと頑張っている。

「楽しみね。結婚式場も早く押さえておかなければいけないわね。子供ができてもいいように結婚式は和装がおすすめよ。調整できるの。それに酒造の娘さんならやっぱり和装でお披露目《ひろめ》しましょう」

「母さん、気が早いですよ」

晴臣さんが言うとお母様は満面の笑顔を浮かべるのだ。

「受け継がれている白無垢《しろむく》があるから、それをぜひ着てほしいわ」

「嬉しいです！」

「色白だから似合うわよ、絶対に」

話はあっさりと終わり、お母様に手をしっかりと握られて「子育てのアドバイスはしっかりするからね」と念を押された。

私は笑顔がひきつらないように気をつけていたけれど、ちゃんと妊娠できるか憂慮する。なんせ私は経験がないのだ。

それをいつ晴臣さんに打ち明ければいいのだろう。しかも体の相性があるとか聞いたことがある。

未経験の私が結婚を決めてしまって本当にいいのかと、心がだんだんと重くなった。しかし結婚しなければ実家を救うことができない。なんとか自分を取り繕って話を合わせていた。

「十二月に大元酒造が傘下に入ることを考えると、結婚式もその月に合わせたほうがいいだろう」

「そうですね。父さんの知り合いの会場を紹介してもらえませんか？」

「何人かいる。その中でも和装が可能な一番人を呼べる広いところをお願いしておこ

「よろしくお願いいたします」

　私と晴臣さんの結婚なのに勝手に話が進んでいく。だけど口を出す資格は、私にはない。また今度ゆっくりお邪魔させてもらう約束をして家を出る。

挨拶というよりも、嫁として迎え入れることができるか面談をされたような感じだった。とりあえず合格はもらえたようで胸をなでおろす。

ものすごく緊張する空間だった。この家に嫁いで大丈夫なのかと不安が胸を支配する。しかし今から逃げることはできないのだ。

車で家の近くまで送ってくれることになった。後部座席に座って運転手に聞こえないように小さな声で話しかけられた。

「大したもんだ」

「私はあんなキャラクターじゃないんですけど……！」

少しムッとした表情を見せると、彼は愉快そうに笑ってこちらを見ていた。

「結婚式は両親を中心に決めてもらう。夢を壊してしまって申し訳ないが」

「構いません。ある程度の覚悟しておりましたので」

「白無垢姿を楽しみにしている」

まさかの発言に私の耳が熱くなる。何も答えられずにいると続けて彼が話をしてきた。

「今日は時間がある。今後のことも話をしたいし、頑張ってくれたお礼に呑みに行かないか？」

まさか誘われると思わず、返事に困ってしまう。すると、私が嫌だと受け取ったのか神妙な表情をされた。

「こんな俺と一緒に過ごすのは嫌か？」

「……そういうわけではないですけど」

「夫婦になるんだ。仲よくしようと努力してほしい」

彼の気持ちを知って、私の心にある固くなった氷が少し溶かされているような気がした。

もっと彼のことを知っていけば、愛してもらえなくても、私は愛すことができるかもしれない。そんな期待が胸を支配する。

「では今日はたっぷりご馳走してもらいますよ？」

「あぁ、もちろんだ。呑んだ後もしっかりと介抱するから安心してくれ」

その言葉に安心して私は頷いていた。

「……私は、あんなキャラクターじゃないですっ」

またついつい酔っ払ってしまった。

今日は日本酒じゃなくて珍しくビールやカクテルを呑んでいる。アルコール全般が好きなのでどんなお酒も問題ない。

ホテルのバー。夜景が綺麗な窓を見下ろしながら並んでいた。

「嘘をつかせて悪かったって」

「晴臣さんの嫌いな食べ物なんて知らないですもん」

「嫌いな食べ物は人参《にんじん》だ」

「え？」

予想外の子供っぽい答えに吹き出しそうになった。

「意外とお子様なんですね」

「……うるさい」

「結婚したら細かく刻んで料理にたくさん入れちゃおう」

私の何気なく言った言葉に彼が目を輝かせる。

「料理をしてくれるのか？」

「そりゃ作りますよ」

「それは俺にも食べさせてもらえるのか?」

「はい?」

何を当たり前のことを聞いてくるのだろうと、私は目を点にする。

「まさか自分の分だけ作って、食べさせないなんて可哀想《かわいそう》じゃないですか」

「家政婦にお願いするのかと思っていた。愛情のない結婚だから……」

どこか寂しそうにつぶやきビールを呷《あお》る。

愛情のない結婚なんて最初から言わないでほしい。

「わからないですよ。晴臣さんのことを知っていけば好きになれるかも」

「もっと時間があれば、お互いを知って、それから結婚してもよかったんだが、急いで結婚したかった。巻き込んでしまって申し訳ない」

悲しそうな表情をされるので、私はにっこりと笑って頭を左右に振った。

「これも縁ですよね」

私が手を出して握手を求めると彼も強く握り返してくれる。

「こんな私ですが、よろしくお願いします」

「こちらこそ」

今日も少々呑み過ぎてしまった。立ち上がると、床が柔らかくなったみたい。足に力を入れて頑張ろうとしても、うまくいかない。

晴臣さんは、さりげなく腰に手を回して支えてくれた。

「大丈夫か？」

「すみません……。酔える相手……なかなかいなくて」

アルコールが回っているせいか楽しい気分になってくる。笑い上戸になっていると彼もなんだか楽しそうに笑顔を向けてくれた。

「このまま一人で家に帰らせるのは危険だな」

「大丈夫ですよ！」

「心配だから今日は宿泊していこう」

「はーい」

明るく返事をした。

そのまま私たちはバーを出てフロントへと向かう。ふかふかのソファーに座って機嫌よく持っていると、彼がカードキーを持ってやってくる。

その姿を見てだんだんと冷静になってきた。

（え？　一緒に泊まるってこと？　いやいや、まさかそんなはずはないよね）

私を部屋に置いて帰るに違いない。そう決めつけてエレベーターに乗った。

鍵を開けて入った部屋はとても広く、ソファーや家具が高級だとわかる。大きな窓からは東京の夜景を一望できた。

(こんな高そうな部屋、宿泊代どうしよう。でもこんなに素敵な所になかなか泊まれるチャンスはないし、今日は宿泊していこう)

「分割払いでもいいですか?」

「は?」

「こんな高級な部屋になかなか宿泊できないので泊まっていこうと思いますけど。私の収入では一括払いはちょっと厳しいかと……」

「ちょっと、待て」

「酔っ払いの私のために部屋を取っていただいてありがとうございます。気をつけてお帰りください」

話を聞いた彼は目を点にしていた。そしてソファーに腰をかけて肩を震わせて笑っている。

何が面白いのかポカンとする私。

長い脚を組んで晴臣さんは挑発するようにこちらを見てきた。

「何を言っているんだ？　夫婦になるために相性を試しておいたほうがいいじゃないか？」

一気に私の顔に熱が集中する。

そして頭を左右に振りながら後ずさりした。

立ち上がった彼は獲物を狙うかのように私との距離を近づけてくる。背中に壁が当たって逃げられなくなってしまった。

晴臣さんは私の顔の横に手をついて見下ろしてくる。

イケメンすぎて目のやり場に困り、心臓がドキドキして半開きの口から呼吸をするのがやっとだ。

私だって大人だからこれから何をしようとしているのかわかる。でも経験のない私にとってはハードルが高すぎてどうしていいのかわからない。

「ごめんなさい！」

瞳をぎゅっと閉じて大きな声で謝った。

「夫婦になるのに俺とそういうことができないと？」

こんな場面で私が未経験だと打ち明けることになるとは思わなかった。

結婚したらそういうことをしなければいけないのはわかっているが、少しゆっくりなペースでお願いしたい。

「晴臣さんだからではなくて……」

もし断って結婚の話が白紙にされるわけにはいかない。口ごもっていると、彼は私の顎に指を差し込んできて上を向かされる。

そっと瞳を開けると視線が絡み合い心臓が激しく動き出す。

「何か隠し事をしているのか？　夫婦になるのだから言ってくれ」

涙目になって彼を見つめる。

「実は他に男がいるのか？」

もう隠しておくことはできないと思った。

「ごめんなさい……！　け、経験がないんです……」

一瞬、時が止まったように感じた。

驚いているようでそのまま固まっている。

「まさか……。二十六歳だよな？　今まで一度もないのか？　交際経験がなくても、大人として……ない？」

「ございませんっ。付き合っていない人とそんなこと、無理です」

男性とこんな至近距離で話すことすら初体験なのだ。

彼は私から慌てて離れて、乱れた呼吸を整えているようだった。そして、前髪をかきあげて大きく息を吐いている。

動揺するのも納得できるので、私はいたたまれない気持ちでその姿を見ていることしかできなかった。

「そうだったのか。すまない」

「いえ……。そういう機会に恵まれてこなかったんです」

晴臣さんは私の顔をじっと見つめ、そして頭のてっぺんから足の先まで一瞥した。

「可愛らしい容姿をしているが……。もしかして性格に問題があるとか？　いや、まだ数回しか会っていないけど、そんな感じはしない」

頭の中が混乱しているようで整理するように独りごちている。

「可愛らしい容姿なんて、冗談でもありがとうございます」

笑顔を浮かべていると、納得したように頷いた。

「男性に慣れていないからそんな一言でも嬉しいんだな」

見抜かれた気がして恥ずかしくなり、窓へと歩いて逃げる。

彼に背中を向けながら、やっぱり結婚はできないと言われたら困ると思い私は考えていた。

バージンだが嫌じゃないか確認してから、彼に身を捧《ささ》げるしかないと決意する。力強く頷いてから振り返ると、彼は私のすぐ後ろに立っていた。

「もし嫌じゃなければ……私を」

話している途中なのに彼が遮って口を開く。

「結婚すること、かなり無理させているんじゃないのか？」

「えっ？」

やっぱり婚約破棄をしようと言われては困る。私は彼に近寄って腕をつかんで見上げた。

「未経験ですけど、どうか結婚してください！　そうじゃなければ実家も従業員も救うことができないんです……！　お願いします。何でもしますので」

それほどの覚悟で私はこの結婚を決めたのだ。

何も言わずにじっと見つめてくるので恐怖心から瞳に涙が溜《た》まってきた。泣きそうになるのを必死で堪える。

つかんでいた手が離された。そして彼は私を見下ろしながら言った。

「今さら婚約破棄なんてしない。好きでもない男に抱かれる雪華が可哀想で仕方がないがもう決めたことだ。元気な子供を産んでくれ。しかし今日は抱く気にならないから別々に眠ろう」

婚約破棄はされないことに安心したが、私にはやはり恋愛感情がないのだと感じて絶望的な気持ちになった。

「私はソファーで眠るので、晴臣さんはベッドをお使いください」

「酔っ払っているんだから、ソファーで眠ったら落ちそうだ。雪華がベッドにしろ」

「私はそんなに寝相が悪くないです」

言い返すと彼はネクタイを外してソファーに腰を下ろした。

「無駄な言い合いをしたくない。明日も早いから寝かせてほしい」

「……わかりました。おやすみなさい」

迷惑をかけてはいけないので私は素直に寝室へと入った。

一人で横になるには大きすぎるキングサイズのベッドに身を沈める。

彼に優しくしてもらえるかもなんて、少しだけ期待していた自分に気がつく。

お互いの利益とかそんなの関係なしに、何も知らずにバーで呑んだときが懐かしい。

あの日の彼は穏やかで話をしていても楽しくて、いつまでも一緒にいたいと思った。

私が酒造の娘じゃなかったら、こんな運命にはならなかったかもとつい考えてしまう。

でも、本当の彼は利益しか考えられない人なのだ。私が期待するような人間ではない。

◆

「結婚ですか？　え、ついに結婚。お前が？」

俺の優秀な秘書の村瀬は、元々同級生だった。だからたまにこうして秘書という立場を忘れてタメ口で話しかけてくる。

いつまでも隠しておくことができないので、副社長室で俺は報告をした。

「三月末には入籍するつもりだ」

驚きすぎて何度も手帳を確認している。

「って……もうすぐじゃないか」

「様々なところに発表しなければいけないから、内密に準備を進めておいてくれ」

「かしこまりました。……ところで相手は？」

探るような瞳を向けてくる。

村瀬は俺の恋愛事情をすべて知っているのだ。だからどんな人と結婚するのか気になって仕方がないのだろう。

「北海道の老舗酒造、大元酒造の娘さんだ」

「うちの傘下に入る予定の？」

「話題になるだろう？」

俺が企んだような不敵な笑顔を浮かべると、村瀬は納得したように頷いた。

「そういうことか……。やっとお前が恋愛をして結婚できる日が来たのかと思って喜んだのに」

俺は頭を左右に振って切ない笑顔を浮かべた。

「この俺が、そんな甘い生活ができると思うか？　もうすでにこじれてしまってる」

「どういうこと？」

「……素直になれない。俺が彼女のことを気に入っていると伝えたところで、信じてもらえないだろうし。手に入れるために買収したなんて言えないから」

素直に告げると村瀬は口元を押さえて笑いを堪えている。

そんな彼を睨《にら》みつけると自らの頬を叩いて真面目な表情を向けてきた。

「そんなにいい子なんだ？」

「あぁ、俺のような人間にはもったいない人だ。幸せにしたいのに傷つけてしまう言葉ばっかり言っている」

「態度でちゃんと示してあげないといけないぞ？」

恋愛に関しては村瀬のほうが一枚も二枚も上手だ。悔しいが様々なことを教えてもらう必要があるんだろう。

「俺にできることがあれば何でも言ってくれよ。大事な俺の副社長には幸せになってほしいからな」

「忙しいから外してくれ」

親身になってくれようとする彼から距離をおきたく、冷たく突き放すと、仕方がないというふうに村瀬は出ていった。

一人になった部屋でぼんやりと考える。

彼女のことは大切にするつもりだったし、酔っ払っていないときに初《はじ》めての関係をと考えていた。

『ごめんなさい……！　け、経験がないんです……』

そんな可愛い爆弾発言をされて、どうしていいのかわからなくなった。

態度で示すことができるのだろうか。

俺が密かに気に入って、彼女を助けたいがために買収をして、雪華を手に入れたいと思ったことを知ったら彼女は引くだろう。
このまま無事に結婚するまで黙っておくしかない。
相思相愛になる日なんて、俺たちには訪れるのだろうか。

第四章　揺れる心

「退職させていただきたいのですが……」

「えっ？　えぇー、今なんと？」

「実は結婚することになりまして、夫の仕事の都合で退職しなければいけないんです」

相談室にて、課長に伝えると驚いたようで一瞬固まっていた。そりゃそうだろう。この前まで海外研修に行って、これから会社で力を発揮してもらいたいと思っていただろうから。私だってこんなことになるなんて思わなかった。

「そんな突然言われても、会社としては大元さんに期待していたんですよ」

「本当に申し訳ありません」

「恋人がいるという話も聞いたことがないし、長く働いてくれると思っていたんですけどね。こういうことを言うとセクハラになってしまうけど、若い女の子は結婚と同時に辞めてしまう方もいるからこちらとしては悲しいです。職場復帰して頑張ってくれることを願っているのですが……」

「すみません……」

「辞めないで、育休から戻ってきてまた働くっていうのは難しいんですか？」

「夫の仕事の関係で……どうしても」

何を言われても頑《かたく》なである私を見て上司は納得したようだった。

「……仕方がない。幸せになってください」

せっかくこれからだったのに、仕事を辞めなければいけないのですごく寂しい。でも無事に報告することができて安心した。

もう一人早めに説明しておかなければならないのは同僚の愛子である。

話があると伝えて仕事を終えたあと、近くの居酒屋に二人で呑みに来ていた。

私は迷わず冷酒を注文した。仕事終わりの冷えたお酒ほど体に染み渡るものはない。

まずはビールというのが定番だが、私はやっぱり日本酒からお願いしてしまった。

そんな私の趣味を知っているので愛子は何も異論を唱えてこない。

愛子はビールを片手に神妙な顔をしている。

「……で、話って何？　まずいミスでもしちゃった？」

久しぶりに突然呑みに誘ったので、何かあったのかと危惧しているようだ。何から話していいのかわからず迷ったが、まずはストレートに伝えることにした。

「実は退職することになりました」

改まった話なので私はあえて敬語を使った。

愛子は目が飛び出てしまいそうなほど大きな瞳を開けて驚いている。

「えー！　やっぱり何かやらかしたんだ」

私が寿《ことぶき》退社をするということは彼女の想像の世界にはないらしい。そういう思考に陥るのも仕方がない。私は一度も交際経験がなく、合コンとかの類も苦手なのでほとんど参加したことがなかったのだ。

苦笑いしながら私は頭を振る。

「ミスはしてないよ。結婚することになったんだ」

「けっ……」

人は驚きすぎると言葉に詰まるようだ。

彼女の周りだけ時間が止まったよう。動きを停止しこちらをぼんやりと見つめている。視点が定まっていないように見えて、大丈夫かと彼女の顔の前で私は手をひらひらさせた。

「おーい、愛子」

「えー、嘘でしょう！　男の影なんて何一つ見えなかったけど」

意識が戻ってきてひとまず胸をなでおろす。

「実家が経営難で、どうにもならないとこまできていて」

「数年前に火事があったんだよね？」

私は頷いて口を開く。

「救ってくれるっていう人が現れたんだけど、その条件が私と結婚することで……」

「そんなことってあるの？　それで了承しちゃったってこと？　入籍を押しつけてくるなんて、今まで誰ともお付き合いしたことがないような、チェリーボーイのきっと気持ち悪いおじさんなんだろうね」

頭に晴臣さんの姿を想像する。外見だけで言えば申し分のないほどイケメンだ。でも政略結婚をするような人だから、愛とか恋とか興味がないのか。

はじめて出会ったときもいつも女性から声をかけられているようだったから、恋愛に疲れてしまった可能性もある。

それなら自分の会社にとって利益になりそうな人と結婚する道を選ぶのも頷けた。考えれば考えるほど幸せな結婚には程遠い。

「実家を救うにはこの道しかなかったの」

「それでいつ辞めるの？」

「一ヶ月後かな。三月中には入籍する予定なんだ」

淡々と話す私の姿を見て、逆に愛子が悲しそうな表情をした。そしてお酌をしてくれる。

「大変なことになっていたんだね。まずは呑んで気持ちを休めて」

「ありがとう。覚悟は決めたけど、私バージンじゃない？　ちゃんと子供が作れるのかな……」

「もしかして実家を救ってくれるっていうことは相当なお金持ち？　跡取りを作れとか言われているわけ？」

「その通り」

私は苦笑いを愛子に向けた。

「そりゃ大変だわ……」

「でも頑張るしかないと思ってるから、応援してね」

「……うん」

気の合う仲間と気軽に呑めなくなるのは寂しいけれど、公《おおやけ》になる前に打ち明けることができてよかった。

その後、私たちは話に花を咲かせ、たらふくアルコールを嗜んだのだった。

「はい、もしもし」

『俺だ』

愛子と呑んだ帰宅途中、スマホが鳴った。ちゃんと確認せずに慌てて出ると、晴臣さんからだった。

最近、毎日のように電話がかかってくる。ほとんどが業務連絡みたいな内容だったが、声を聞くのが日課になりつつあった。

『今どこだ？』

「会社帰りに同僚と呑んで帰宅途中です」

『会社の近くか？』

「はい」

『迎えにいく』

まさかの提案に私は驚いて言葉にならない。慌てて声を出した。

「大丈夫ですよ！　もう少しで電車なんで」

『明日も出勤だろ？　俺の家から行ったほうが楽じゃないか』

どこら辺に住んでいるかは知っていたけれど、考えてみれば晴臣さんの家に行ったことがなかった。たしかに私の職場から近いはずだ。

でもお言葉に甘えて泊まらせてもらうのはどうなのだろうか。思ったことを口にしてみる。

「洋服もパジャマもありませんし……」

『コンシェルジュにお願いすれば持ってきてくれるだろう』

その感覚がわからない。コンシェルジュがいるなんて一体どんなマンションに住んでいるのだろうか？

『とにかく、こんな時間に女性一人で歩くのは危険だから迎えにいく』

有無を言わせない雰囲気だったので、私はそのままお願いしてしまった。

近くの喫茶店に入って居場所をメッセージに入れておく。

アイスカフェオレを飲みながら、晴臣さんの到着を待つ。

私はスマートフォンで、近い未来にやってくる『初体験の方法』を検索していた。

ちゃんと乗り越えられるか、そのことばかり気になって仕方がない。

心の準備が大切だと書かれていて、痛みが強い人はパートナーにその気持ちを伝え、ローションなどを使うといいと書かれている。

(でも、そんなこと言えるかな)

不安に苛《さいな》まれていると、到着した連絡が入り喫茶店を後にした。

外に出ると珍しく自ら彼が運転していた。助手席に座らせてもらい扉を閉めてシートベルトをする。

「わざわざ迎えに来てもらってすみません」

「……心配だったから」

ボソッとつぶやいた。『心配だ』というキーワードが聞こえた気がしたけれど、気のせいだろうか?

もし本当にそう言ってくれていたとしても、跡取りを産んでくれる女性に怪我《けが》をさせたくないとかの理由だと見当がつく。それなのになぜ私はいちいち期待してしまうのだろう。

「会社の同僚って何人で?」

「二人です」

明るく言うとなぜか彼は不機嫌そうな表情に変わる。何かまずいことでも言ったかと逡巡《しゅんじゅん》する。思い当たることがなく私は首を傾げた。

「結婚するのに二人きりで?」

「勘違いしないでください。もちろん女性とです」

「あぁ、そうか」

（もしかして、妬《や》いてくれたの？　まさか、そんなはずはないよね。自分の都合のいいように解釈しないようにしなきゃ）

二人きりには何回もなっているが、密室にいるということでなぜか彼の存在をいつも以上に意識してしまう。

変な誤解はしないでほしいと、私はさらに詳しく説明することにした。

「仲よくしてくれていた子で、今日、会社を辞める報告をしていました。私が結婚するなんてすごく驚いていて」

運転に集中しているのか、彼は返事をしてくれない。でも、無言の空間は苦手なので、ペラペラと話をしていた。

「会社の上司も驚いていました。私は結婚するキャラクターじゃないと思われていたみたいで」

赤信号で車が止まり、ちらりとこちらを向いた。

「今まで近くにいた男たちが雪華の魅力に気がつかなかっただけじゃないか」

「……えっ？」

甘いセリフを言われて私の耳が熱くなる。

(心臓が苦しいのはシートベルトで押さえつけられているせい?)

まるで私に魅力があるみたいな言い方をされたけれど、本気なのかわからない。

青信号になり車がまた走り出した。

微妙な空気が流れていたので、私はなぜか大笑いしてその場をごまかそうとする。

「あははは、晴臣さん、何かありました? 変ですよ」

「……別に何もないが」

なんだかいつもと違って、違和感を覚えながらも私は車に揺られていた。

このままいくと晴臣さんのマンションにお泊まりすることになる。

キスを飛び越えてそのまま秘密の関係に……という流れになってしまったらどうしようか。先ほどインターネットのサイトで読んだ『相手に気持ちを伝えること』が大事ということを思い出す。

「話しかけてもいいですか?」

「どうぞ」

了承をもらったのにも関わらず、うまく言葉が出てこない。

横目でチラチラと見ていると、不機嫌そうにため息をつかれた。

「言いたいことがあれば何でもはっきり言ってくれ」

「そうですよね……」

大きく息を吸い込んだ。

「打ち明けなければいけないと思っていたのですが、私はキスもしたことがないんです」

予想外の話だったのか、彼が息を呑んだ気がした。

「……で？」

何を言いたいんだと話を促されたようで口を開く。

「まずは、キスからはじめてもらってもいいですか？」

我慢しきれなかったのか冷静な顔をしていた彼の表情が崩れ、吹き出した。

「運転中に面白いこと言わないでくれ。事故ったらどうする」

「すみません……。パートナーにはちゃんと気持ちを伝えたほうがいいと書いてあったので」

「なるほど。たしかに素直に打ち明けてくれたほうがやりやすい」

「ありがとうございます」

晴臣さんって、優しい人だ。少しぶっきらぼうな話し方をするけれど、ちゃんと聞いてくれるし、案外私のことを考えてくれているようだ。

車が超高級マンションの門をくぐり抜けた。

「ここですか？」

「そうだ」

見上げると首が痛くなるほどの高層マンションで、敷地内に入った途端、ゴージャスな雰囲気に私は飲み込まれてしまった。

こんなのドラマの世界でしか見たことない。

地下駐車場に入っていくとモーターショーのように高級車ばかりが並んでいる。

車の種類はよくわからないけれど、有名な高級車くらいは私にもわかった。車から降りると、エレベーターの前に警備員が立っていた。

彼は住人専用のエレベーターに乗り込む。最上階に到着し扉の外に出ると、玄関が一つしかない。

「玄関、一つだけなんですね」

「プライベートを重視した作りだからな」

カードキーで扉が開くと、背中をそっと押されて中に入った。爽やかなミントのような香りが玄関に広がっている。ちらりと見るとアロマが置かれていた。

「お邪魔します」

「どうぞ」

ふかふかのスリッパに足を入れて長い廊下を抜けていくと、広い空間のリビングがあった。

「わあ、広いですね！　綺麗」

大きな窓からは夜景が一望できる。家具は最低限しか置かれていない。フローリングの上にある革張りの黒い大きなソファーが目立つ。

「寝るだけなんだが。一応週に一回は掃除に入ってもらっている」

「そうでしたか」

「結婚しても、掃除も料理も任せてもいい」

「家政婦さんの美味しい料理もいいですけど、たまには作りたいです。なんと言うか結婚する予定もなかったのに、結婚したら料理だけはちゃんとやりたいって、漠然とした夢があって」

「好きなようにしていい」

冷たい言葉に聞こえるけど、これが彼の言い方なのだ。

「自由に見てくれ」

私が興味ありそうに視線を彷徨《さまよ》わせていたので、声をかけてくれたに違いない。

遠慮しながらも見させてもらうことにした。

ダイニングテーブルがあって、その奥には広々としたキッチンが備えつけられている。調味料は調理台に置いているわけではなく、どこかに収納されているのか、すごくスッキリとしてスタイリッシュだ。

「広くて料理がしやすそう」

「好きなときに自由に使ってくれ」

「ありがとうございます」

感動しながらキッチンを見ていると「何か飲むか？」と声をかけられ、振り返る。すぐ後ろに彼がいたのに気がつかず、心臓がドクンと跳ねた。

「いただきます！」

晴臣さんが冷蔵庫を開ける。ミネラルウォーターとアルコールしか入っていない。

「つまみはナッツかチーズしかないな。それと、日本酒は用意していなかった。コンシェルジュに電話をして持って来させようか？」

「いえ、大丈夫です！」

「わかった。俺はまだ食事をしていないんだ。アルコールだけでもいいから、付き合ってくれ」

お腹《なか》を空《す》かせているのに私のことを迎えに来てくれたのだ。

愛情はないけれど、将来の妻を大切にしようと思ってくれているのかもしれない。

「私でよければお供します。ところで食事は何を召し上がるんですか?」

「温めれば食べられるものを作ってもらっている」

「じゃあ私が準備しておくので、着替えてきてください」

「ありがとう」

彼は素直に姿を消した。

冷凍庫には温めたら食べられる魚や煮込まれた肉の料理が作られている。温めて皿に盛りつけると、どれも美味しそうだ。料理がしたいなんてさっき言ってしまったけれど、口に合うだろうか。

スウェットとTシャツ姿になった彼が近づいてきた。

「何か手伝おうか?」

「大丈夫です。座っていてください」

スーツ姿しか見たことがなかったのでラフな格好は新鮮だっった。筋肉質な腕がむき出しになっていて、目のやり場に困ってしまう。

先ほどまで深く考えていなかったけれど、男性と過ごしているのだと意識してしまった。

こんなに素敵な人と一緒にいるとドキドキして頭がおかしくなってしまいそうだ。

お互いに服を脱ぐ日が来るのだろうけれど、それまでにダイエットを頑張ろうと決意する。だってそうじゃなければ不釣り合いだ。

でもその日はすぐ近くまで迫ってきているだろうから、そんなに体を絞ることはできない。

晴臣さんは電話を片手にこちらに視線を向ける。

「コンシェルジュに伝えて、洋服と洗面道具を持ってきてもらう。リクエストはあるか」

「いえ、お手数かけます」

彼はフロントに電話をして用件を伝えていた。

コンシェルジュが今から服を持ってきてくれるなんてものすごいなと感心してしまう。

盛りつけた食事をダイニングテーブルに乗せて、グラスとビールを一緒に出した。

「では私もビールをいただきますね！」

お互いのグラスに注いで乾杯をする。少々緊張していたけれど、アルコールを呑むと少しリラックスした気持ちになった。

お酒が好きな人と一緒に過ごせるのは嬉しい。

満腹だったはずなのに、美味しそうだなと思ってついつい見つめてしまう。すると晴臣さんは柔らかな瞳をこちらに向けてきた。

「もしよかったら、食べてみるか？」

「いいんですか？」

お言葉に甘えて少しいただくことにした。すると彼はスプーンですくって私の口元に近づけてくる。

（……これはまさか間接キス！）

中学生並の発想で頭の中にお花が咲いてしまう。恋愛経験はまるで女子中学生の私が、結婚なんて大丈夫なのだろうか。

躊躇してなかなか口を開けられない。すると何かに気がついたように彼がスプーンを引っ込めた。

「同じスプーンを使うのは嫌だったか？」

「いえっ、そうではなく、逆に嫌じゃないんですか？」

質問で返してしまって申し訳ないけど、おそるおそる彼を見た。

「嫌なわけがない。これから家族になるんだから。俺だって誰でもいいわけじゃないんだ」

その言葉を聞いて、自分の心の中にある氷が少し溶けていくような気がした。

彼となら本当の家族になることができるかもしれない。

私の知り合いでもお見合い結婚をして、ほとんどお互いのことを知らないままでも幸せになれた人がいる。

これから生活をともに営む自分たち次第。そう思うようになってきた。

「安心しました。ありがとうございます。では、あーん」

まるで子供のように大きな口を開けると、彼はクスクスと笑って私の口に入れてくれた。

トマトで煮込まれた牛肉がとても甘くて、家庭料理というよりはレストランのような味がした。

「すごく美味しいですね！　優秀な家政婦さんが作ったのでしょうね」

「料理で人気の家政婦らしい」

「なるほど！　さすがだと思いました」

笑顔を向けると彼も笑顔を向けてくれる。

美味しい料理を二人で食べてお酒を呑んで微笑みを向け合う。なんとも幸せな時間だ。

「ところで雪華は、一軒家とマンションどっちがいい？」

「ご両親は、一軒家がいいとおっしゃっていたので」

「そんなに気を遣うことがないんだぞ。自分たちの好きなようにある程度していい。両親は俺が結婚することで満足しているんだ」

いつもより穏やかな雰囲気で、彼がいつも以上に魅力的に見えてしまうのは気のせい？

話題性のために私と結婚することを選んだと言っていた。それが前提にあるのに、だんだんとあなた色に染められていく。

素直に心に従いたい。でも私が心から愛してしまったところで、晴臣さんからの愛情をもらうことはできない。

彼は今までの人生で誰かを愛してきたことはあったのだろうか。

家のために結婚を決めてしまうぐらいだから、そんなにいい恋愛はしてこなかったのではないかと予想がつく。

そんなことが頭の中に浮かんできて切ない気持ちになってくる。

「雪華、どうかしたか？」

「いえ、私はゆっくりと晩酌ができるそんなスペースがあったらいいなってそれだけです、希望は」

「それは俺と同じだ。好きなアーティストの曲を聴きながら酒を呑むって最高だよな」

優しい目で見つめられ、呆然《ぼうぜん》としてしまった。頬が火照る。まさかこれぐらいの量では酔っ払うはずがない。きっと私は彼という存在に酔ってしまっているのだ。夫になる人だから、好きになってもいいはずなのに、政略結婚という壁が私たちの間を阻む。だめなのに心が惹《ひ》かれていく自分に気がついた。

チャイムが鳴り、晴臣さんが玄関に向かう。一人になった私は両頬を手の平で押さえて熱を感じる。

「持ってきてくれたぞ」

袋を手渡されて中を確認すると、シンプルなベージュのワンピースだった。これなら明日会社に着ていくのも問題はない。

「コンシェルジュさん、素晴らしいですね。晴臣さん、ありがとうございます」

満面の笑みを浮かべてお礼をすると、彼は私から目を逸らした。

「構わない」

そしてまたテーブルについて食事の続きをする。

少し距離が近づいた気がしたが焦らないほうがいい。ゆっくりと晴臣さんのことを知っていければと思う。


食事を終え食器を洗っていると、晴臣さんが近づいてくる。

「わざわざ洗ってくれてありがとう。終わったら先に風呂どうぞ」

「えっ」

（お風呂の後はもしかして、そのままベッド？）

ついつい想像してしまう。覚悟を決めなければいけないとわかっているのに、脳みそが沸騰してしまいそうだ。

早くそういうことをして子供を作らなければいけないと、重圧に襲われる。水道を止めた私は振り返って晴臣さんを見つめた。

「顔色が悪いようだが」

「大丈夫です。もしよければ先に入ってきてください」

「男の後に入るなんて嫌じゃないか？」

またもや晴臣さんは、私に気を遣ったようなことを言ってくれる。やっぱり根はいい人なのではないか。

「いえ、全然問題ありません！」

「わかった。自由にしていていいから」

「ありがとうございます」

リビングルームから出ていった後ろ姿を見送り、緊張しながらソファーに座って待っていた。

自分で決めた道なので後悔はないが、うまくやれるだろうか。大人の女性としての対応をしっかりできなければ、捨てられてしまう可能性だってある。失敗するわけにはいかない。

自分とは無関係な事柄だと思っていたので、このようなことになるならばもっと知識を蓄えておくべきだったと今になって後悔する。

「……どうしよう」

「何か問題でもあったのか？」

男性の声が耳に届きハッとして振り返ると、晴臣さんが立っていた。

「きゃあああ」

「まるで幽霊が出たみたいじゃないか。名前を呼んでも思いつめているようだった」

晴臣さんが出てきて声をかけられていたことに気がつかなかった。

「すみません、ちょっと考え事をしておりました」

首にタオルをかけ、髪の毛が少し濡《ぬ》れている。あまりにも色気があふれすぎていて、目眩《めまい》を起こしてしまいそうだ。

(色男すぎるんですけど！　恋愛漫画に出てくるヒーローみたい)

私は彼を見つめ固まってしまった。不思議そうに首を傾げている。

「俺の顔に何かついているか？」

「い、いえいえ。ではお風呂いただきます」

私は逃げるようにしてバスルームへ行った。

黒い大理石の床に広々としたバスタブが設置されていて高級ホテルみたいだ。鏡や床がまだ濡れている。

ここで先ほどまで彼が体を洗っていたのだと想像して、胸の辺りがざわざわとした。

いかがわしいことばかり考えているから、脳みそが桃色になってしまったのかもしれない。

シャンプーを借りて頭を擦り、ボディソープで体を丁寧に洗った。

泡をしっかり流してからバスタブに浸《つ》かる。

ここから出たら私は勝負をしなければいけない。逃げてしまわないか自分との勝負だ。

（晴臣さんに身を任せるしかない）

気合を入れてバスルームから出て、パウダールームに移動し、下着はどうすればいいのか悩む。

人様の前をノーブラで歩くなんてちょっと抵抗がある。でもこれから脱ぐのにわざわざつけておくのも何かおかしいような気がして、意を決して何もつけないで出ることにした。

着替えようと用意してくれたパジャマを見ると、ピンク色のシルク生地の上下に分かれているタイプだった。

上は半袖でボタン式になっていて、下は短い。ズボンを履いてみると膝上十五センチくらいだった。

（コンシェルジュさんったら、どうしてこんなに露出の多いのを選ぶのよ）

でも何も着ないわけにいかないので、用意されたパジャマに着替えた。

おどおどしながらリビングルームに向かう。晴臣さんはノートパソコンを広げて仕事をしているようだった。

私の存在に気がついた彼がこちらを振り向く。素肌を見られた気がして恥ずかしくてその場から動けない。

「お風呂、ありがとうございました」

「随分と長かったな」

覚悟をして、出てくるのに時間がかかってしまったのだ。

「すみません」

晴臣さんの視線が私の太もも辺りに注がれる。

「短い」

素肌がむき出しの足を見られてしまい羞恥心に襲われる。ちょっと食べすぎだろうか。お肉がついているような気がして、いたたまれなくなる。

「ずっと立ってないで、こちらにおいで」

自分の隣のソファーを手のひらでそっと叩いた。

(いきなりそういう展開になってしまうの？)

今にも倒れてしまいそうなほど血圧が上がっているけど、彼の横に座るしかない。

「失礼します」

控えめに座ると何気なく私の腰に手を回してきて体を密着させてきた。

「子供を作らなければいけない。少しずつ慣れてくれ」

「……はい」

男性の逞《たくま》しい鍛え上げられた腕で自分の腰を抱かれると、体が小さくなってしまったように感じる。

晴臣さんはしばらくして、もう片方の手を伸ばしてきて私のことをそっと抱きしめた。驚いて肩が震える。

「そんなに怖がらないでくれ。優しくするし、なるべく痛くないようにするから」

いよいよはじまるのだ。逃げ出したくなって泣きそうになる。子供ではないのだから、もっと堂々としていたい。なのに思いっきり動揺してしまう。

「本当に経験がないんだ？」

「……恥ずかしいですが、そうなんです」

「大事にする」

私の顔に手を添えて微笑んだ。勘違いかもしれないけれど、まるで私のことを愛してくれているような瞳。体の内側から心臓が私を叩いてくる。

「このまま一緒にいたら歯止めが利かなくなってしまいそうだ。明日も仕事だから眠ることにしよう」

「は、はい」

今の発言でどうやら今日は、これ以上しないのだと悟った。ある程度覚悟をしていたので、残念な気持ちが浮かび上がってくる。

(あれ？　なんで私、残念だと思ってるんだろう……？)

「雪華、三月の第三金曜日に食事に行こう。その後、また家に泊まってもらって、婚姻届を書かないか？　提出は翌日だ」

「わかりました」

サインをして役所に提出すれば私たちは夫婦となる。未《いま》だに不思議な気持ちだ。

「そして、婚姻届を出した日から一緒に暮らす。まずはこのマンションで生活してもらって、時間を見つけながらマイホームの土地と建物の設計を考えていきたい」

「了解しました」

「必要な物と不要な物を分けておいてくれ」

まるで業務の指示をされるような言い方だった。

「……はい」

彼は立ち上がって、私にパンフレットを見せてきた。

「十二月中旬に結婚式を行う。もう招待状も発送済みだ」

自分の知らないところで話が進んでいて目眩を起こしそうになった。

切なさを隠すように笑顔を浮かべると、晴臣さんも悲しそうな瞳を向けた。

「大丈夫か？」

「私、自分が将来結婚するなんて想像できなかったので、婚礼衣装を着られるだけでも幸せです」

どんなことも前向きに考えていかなければ、人生は楽しく生きられない。そんな気持ちで言った言葉だったが、彼には軽く受け流される。

「明日、午後からウエディングドレスを着て記念撮影をする」

「……えっ」

いきなりのことだったので変な声が出てしまった。

「もしかして都合が悪かったか？」

「いえ……心の準備ができていなかったので」

「予定が詰まっていてこちらで勝手に決めさせてもらった。申し訳ないが付き合ってくれるよな？」

「わかりました」

まさか明日ウエディングドレスを着て撮影するなんて予想外だったので、今夜は興奮して眠れるかわからない。

ウエディングドレスにも憧れがあったが、白無垢も素敵だと思っていたので両方着ることができて舞い上がった気持ちになる。

「ありがとうございます。普通の結婚ではなかったので、特に期待していなかったんですが、楽しみです」

素直に感謝の気持ちを伝えると、晴臣さんは後頭部に手を回して気まずそうな表情を浮かべる。ついはしゃいでしまったので私は反省の念を抱いた。

「もう寝よう。来客用の部屋も用意してあるから、自由に使っていい」

夫婦になるのに距離感があるような気がして寂しくなる。立ち上がる彼を私は座ったまま見つめた。

「……添い寝していただけませんか？」

私の発言が予想外だったのか、彼は眉毛を少々上げて少しの間固まった。なんてことを言ってしまったのかと後悔が襲う。頬が焼けるように熱い。

「あ、あの……夫婦になってすぐにそういうことをと言われましても……自信がないので、もしよければ同じベッドで眠ってみたいなと」

しどろもどろになる私を見て、晴臣さんは大きなため息をついた。呆《あき》れられる発言をしてしまったのか。

「無防備な発言をすると勘違いする男もいるんだ。気をつけるんだな」

「はい」

これからの人生で彼以外の人と親密になることがないのに、的外れな発言だなと思いつつ私は素直に頷いた。

彼が長い手を差し出してきたので、そっと手をのせる。

「寝室まで案内する」

「ありがとうございます」

短い距離なのに、私たちは手をつないでベッドルームへと向かった。

晴臣さんの寝室には、ダブルベッドが置かれていた。

紺色のシーツとカーテン、壁には薄いテレビが取りつけられていて、クローゼットがありシンプルな部屋だ。

自分から誘っておきながらドキドキしてベッドに入れない。そんな私の背中がそっと押された。一緒に横になると、彼がものすごく近くにいる気がする。

「部屋は真っ暗にして寝るほう？　それとも薄暗くする？」

「薄暗いほうがいいです」

「俺と同じだ」

彼はスマホを操作して部屋の照明を暗くした。ベッド横にあるランプがオレンジ色にふんわりと光る。

静まり返った部屋。ベッドに入ったら何か会話をするものなのかと考える。

「俺は、表現するのが得意なほうではない」

唐突に話す彼の言葉にじっと耳を傾ける。

「だから、結婚したあとも言葉足らずで、勘違いさせてしまうことがあるかもしれない。気になることがあったら、爆発する前にちゃんと言ってほしい」

「はい。晴臣さんも」

「あぁ」

穏やかな気持ちになっていると、彼の寝息が聞こえてくる。

他人と同じベッドで眠るなんて窮屈なのではないかなと想像していたけれど、なぜかすごく落ち着いた。

私たちはこうして、少しずつ夫婦に近づいている気がした。

◆

翌日、ブランチをしてから洋風庭園があるホテルに向かう。テレビで外国のお客様が宿泊すると何度か目にしたことがあった。

「時間の関係でウエディングドレスは既存のものだが、最上級のものを用意してもらった」

「ありがとうございます。ちゃんと着こなせますかね……」

「雪華は肌が白い。きっと似合うだろう」

エレベーターの中で感情を吐露すると、私の頬を指の関節で撫《な》でて柔らかく微笑んでくれる。魔法にかかったかのように頭がぼうっとなった。そのまま顔が近づいてきて流れに任せて私は瞼《まぶた》を閉じた。

ドドドッと自分の心臓の音が聞こえてくる気がして、小さな箱の中で二人きりでいることをものすごく意識してしまう。彼の影が近づいてきたとき、目的の階に到着し扉が開いた。

（……今のなんだったの？）

降りるとスタッフが待ち構えていて、案内される。

着替えとメイクをしてもらうことになった。

上質な純白のレースで作られたドレスの胸元には繊細な刺繍《ししゅう》と共に宝石が煌《きら》びやかに縫い付けられている。ロングスリーブで露出が少ない。シルエットは下にパニエで大きく膨らませたプリンセスラインだ。

控え室で待機していると晴臣さんが入室した。

ウェディングのタキシードでは珍しいブラウンを使用していて、光沢があり高級感を華やかに演出している。

ベージュのタイトベストを着こなしていて、スタイリッシュで彼にとても似合う。

こんな素敵な人が私の夫になるなんて今でも信じられない。夢を見ているようだ。

革靴の音が近づいてきて遠のいていた意識が戻される。

「雪華、綺麗だ」

「晴臣さんも、素敵」

彼は手を出してきた。

「さあ行こうか」

「はい」

庭園に移動して写真を撮ってもらう。まずは、噴水前で。

緊張している私たちをリラックスさせようとして、カメラマンの女性が話しかけてくる。

「見つめ合ってください」

そんな依頼をされると恥ずかしくてたまらない。でもリクエスト通り彼のほうを向くと、素敵すぎて心臓が飛び出そうになる。

何枚ぐらい写真を撮るのだろうか。

続いて庭園を進んでいくと、外国にいるかのようなある白い橋が架けられていた。そこの中心に行って、日傘を待たされる。

全体的な景色が入るように少し離れたところから撮影されていた。自由に歩き回ってくださいと言われ、どうしていいかわからずにいると、カメラマンから手をつないで、散策しているところをイメージしてくださいと言われた。

「いつも通りで結構ですよ」

政略結婚の私たちは、手をつないでデートなどしたことがない。それでも自然に見えるように手をつないで歩いた。

少しずつ緊張が解けてきて、いい記念になるのだからと笑顔を浮かべられるようになってきた。

撮影の途中、急に彼が何かを取り出して私の正面に立つ。

シャッター音が鳴り響く中、差し出されたのは指輪《ゆびわ》だった。

「婚約指輪だ」

眩《まぶ》しいほどのダイヤモンドが輝いている。まさかこのタイミングで渡されるとは予想外で私は固まってしまった。

スタッフはこのサプライズを知っていた様子だ。温かな眼差しを向けてくる。

「好みのデザインではなかった？」

「驚いているだけです」

「結婚指輪は一緒にデザインを考えよう」

私の左手を持って薬指にリングをはめてくれた。ドキドキしすぎて頭が呆然とする。

もしかしたら愛されているのではないかと勘違いしそうだった。

気がつけば、あっという間に撮影が終わり帰りの車に乗っていた。

「楽しかったです。いい時間になりました」

「雪華が喜んでくれて何よりだ」

車の中で見つめ合う。そのまま自然に顔を近づけていく。

（今度こそ）

まるで恋人みたいだと思っていたら、彼のスマホが鳴った。

仕事が入ってしまったらしく、私を家まで送り届けると職場へと行ってしまった。

花嫁衣装を着ることで結婚へ気持ちが近づいていく。

私に思い出を作らせようとしてくれている気がして、温かい気持ちになった。

◆

三月の第三週に入り、私が退職することが発表された。四月の二週目で退職になる。

違う部署で働く同期が会いに来てくれ、送別会をしようと誘われる。

入籍の前なので少々気持ち的に落ち着かない。

晴臣さんに相談すると、人付き合いは大切にしたほうがいいと言ってくれたので、遠慮なく送別会に参加していた。

デザイン部の仕事は様々な部署と関わりながら業務を行なっていくので、気がつけば人脈が広がっていた。

今週は毎日のように呑み会があって、遅くなることが多かった。疲れが取れない毎日だが、私のために集まってくれてとてもありがたかった。

社員食堂でランチをしながら、ここで食事するのもあと少しなんだなと寂しい気持ちになる。

「あーあ……雪華がいなくなっちゃうなんて寂しいなぁ」

私の目の前に座ってAランチを食べている愛子が言った。

「退職するなんて自分でも信じられないよ」

「送別会盛り上げちゃうからね！」

「ありがとう」

この会社での人間関係はすごく恵まれていた。

はじめの頃、デザインを考えるのは自分に向いていないのだと思っていた。だから逃げ出したくなることもあったけれど、周りの仲間が支えてくれて私は今日までやってくることができた。

「ところで、結婚相手と相性はどうなったの？」

突然小声で話しかけてきた。一瞬意味がわからなかったが、理解をして頬が熱くなる。

「そういうことは、ちゃんと籍を入れてからにしないと」

「はあ？　今時そんな人いる？　相手も経験ないとか」

「それはない。ものすごく経験ありそう」

自分の夫になる人のことを頭に思い浮かべてこんな話をするなんて、心が痛む。

「それなのに手を出してこないってこと？」

「私が怖がっているのが伝わっているのかも」

「へぇ。無理にしてこないってことは意外といい人なんじゃない？　気持ち悪いおじさんとか言ってごめん」

舌を出してお茶目な表情を向けてきた。本当に仲のいい人としかできない話だ。

「結婚したら子供を作らなければいけないから頑張るけど……。愛子、アドバイスお願いします」

「任せて」

恋多き友達がとても頼りになるように見えた。

ランチを終えて自分の部署に戻ってくると、私は引き継ぎをするために書類を作る。

（本当は最後まで担当したかったな）

企画書を見ながら心でつぶやく。

仕事が楽しくなってきたところなのにとても残念だった。

でも、最後までしっかりやろうと気持ちを切り替えて頑張ることにした。そうして日々時間が流れていった。

◆

今日は仕事が終わってから晴臣さんに誘われていて、食事をすることになっていた。そしてそのまま彼の家に泊まって、婚姻届を書く。土曜日に秘書に提出してもらうそうだ。紙切れ一枚で夫婦になるなんて……。まだまだ実感が持てなかった。

仕事を終えて更衣室で化粧直しをする。今日はホテルで食事をするとメッセージが入っていたので、自分の持っている中で少しいいワンピースとアクセサリーをつけてきた。化粧を直していると愛子が顔を覗き込んできた。

「もしかしてこれからデート？」

「デートというか、婚姻届を書いてくるみたいな……」

「そうなんだ！　いよいよだね」

話をしているとスマホにメッセージが届き、会社の前まで迎えに来るとの内容だった。

「自分で行けるのに」

そうつぶやいた私の言葉を聞いて、愛子が瞳を輝かせている。

「会社まで来てくれるの？　私が品定めしてあげる！」

「え、いいよ……大丈夫」

何度断っても愛子はチャンスとばかりについてくるのが予想できた。仕方がないので準備を終え、私たちはエレベーターに乗り込む。

「お願いだから余計なこと言わないでよ」

「大丈夫だって」

横目で彼女を見た。笑っているのが怪しい。

扉が開き、ホールに向かって歩いていく。

自動ドアをすり抜けると、晴臣さんの車が停車しているのが見えた。追い払っても愛子は絶対についてくるのでそのまま一緒に向かう。

「私メーカーとかよく詳しくないけど、あの車めちゃめちゃ高級車なんじゃない？　さすが雪華の実家を救ってくれるだけの財力がありそう」

私の姿に気がついた運転手が急いで後部座席の扉を開き、中から晴臣さんが降りてきた。そしてこちらに向かって歩いてくる。

運転手付きのことが多いけれど、彼は自ら運転するのが好きらしい。ただ大企業の取締役なので、万が一事故に遭っては大変だと、運転することを反対されているのだ。でもたまには二人でドライブをしたいと、この前言ってくれたのが密かに嬉しかった。

「……なっ、あの人……誰？　芸能人みたいにハンサムなんだけど」

「あの人が私の結婚相手」

小さな声で教えてから私は晴臣さんに向かって歩いていく。

「雪華」

「お待たせしてしまってすみません。私の同僚の杉崎愛子さんです」

「仲よくさせてもらっています杉崎愛子です」

気持ち悪いおじさんだとか言っていた彼女が、瞳をキラキラと輝かせて満面の笑みを浮かべている。

「いつも雪華がお世話になっています」

晴臣さんに話しかけられた愛子はテンションが上りまくりだ。

「いえいえ。雪華のこと、幸せにしてあげてください。デザインの仕事本当に頑張っていて、途中で仕事を辞めてしまうのは本人も残念がっているんですけど、結婚する道を選んだので、幸せになってほしいです！」

余計なことを言わないでと言ったのに、私を思って熱く語る友人。

晴臣さんは、少しだけ圧倒された表情を浮かべていたけれど、柔らかな笑みを見せた。

「わかりました。ありがとうございます。落ち着いたらぜひ家に遊びに来てください。雪華も息抜きが必要ですし、いつでも声をかけていただけたら」

私のために頭を下げた晴臣さんの姿を見て、まるで愛し合っている彼氏のような感じがした。甘い感情が胸の中を支配していくが、勘違いしてしまいそうになるのをなんとか抑えながら私は愛子に手を振った。

「じゃあ月曜日ね」

「うん、お疲れ様」

愛子は元気いっぱい手を振って、駅へと向かう。運転手が助手席のドアを開けてくれる。

「ありがとうございます」

お礼をして私は乗り込んだ。

車が進みだすと晴臣さんは穏やかな口調で話しかけてくる。

「明るくて楽しそうな友達だな」

「ええ。いつもテキパキしていて情の厚い人なんです」

変なことを言わないか懸念していたが、結婚する人に自分の友人を紹介することができて結果オーライだ。

連れてこられたのは有名ホテルのフレンチ。個室が用意されていて東京の夜景が一望でき、アイボリーのテーブルクロスが落ち着いた雰囲気を醸し出していた。シャンパンで乾杯をした。

「明日になれば雪華は人妻だ。独身最後の夜だな」

「ええ、晴臣さんも」

穏やかな空気の中私たちは微笑み合う。

「スパークリングの日本酒は置いてないんでしょうかね?」

「どうだろう。聞いてみようか?」

「今は大丈夫ですけど、スパークリングの日本酒もきっと料理に合うと思うんですよ。日本酒を呑まない若者にも受け入れてもらえたら嬉しいなって」

彼が優しい表情を浮かべている。

「常に実家のことを考えているんだな」

「ええ。たくさんの人に日本酒を楽しんでもらいたいです」

前菜が運ばれてきた。北海道産のバフンウニとビシソワーズのムースは、グラスに入り、層になっていてとても美しい。

食器にライトが当たると輝いてより一層料理が美味しそうに見えた。

晴臣さんはスパークリングの日本酒がないか聞いてくれている。

「ご用意がございます」

持ってきてくれたのは、フランス料理を楽しむために造られた山梨にある銘醸のスパークリングの日本酒だった。

「丸いお米の甘さの旨みがあって、フランス料理に合うような酸味もあり、爽快感もあって、とても美味しいです」

味の感想を伝えると晴臣さんも同感だというふうに相槌を打ってくれた。

「日本酒のスパークリングもいいものだな」

フォアグラのテリーヌと季節野菜のサラダ。

オマール海老《えび》のポワレ。グリル野菜を添えて。

蝦夷《えぞ》鹿《しか》肉のロースト。マッシュルームのポタージュ。

デザートには、ゲヴェルツトラミネール、ドライフルーツのコンポート、さっぱりとした柚子《ゆず》のシャーベットが添えられていた。最後に焼き菓子まで出てきて、大満足の食事内容だった。

「お腹いっぱいです」

「まだアルコールが呑み足りないんじゃないのか？」

「まあ、そうですけど。もう充分です」

これから婚姻届を書かなければいけないので酔っ払ってはいられない。一生に一度しか書くことがないものだから、気をつけなければいけないし。

料理を堪能した私たちは、運転手付きの車で晴臣さんのマンションへと戻ってきた。

二人きりになるとやはり意識して緊張してしまう。

ダイニングテーブルに座り向かい合った。

「俺はもうサインをしておいた。証人欄は両親が書いてくれている」

そう言って封筒から紙を取り出し私の目の前に置く。

しっかりと丁寧に書かれている彼とご両親の名前。ここに自分の名前を書いて印鑑を捺《お》し、提出すると夫婦になるのだ。

恋愛結婚を想像していた私は、サインをするとき、もっと幸せに満ちあふれているところを想像していた。

これから彼とどんな人生を歩んでいくのだろうか。求められているようにしっかりと子供を産むことができるのか。不安が襲ってくる。

ボールペンを手に持つがなかなか書き出すことができない。思った以上にプレッシャーになっていることに気がついた。

「どうかしたか？」

「いえ、緊張していて……」

「雪華のペースでいいよ」

彼は私が書きづらくないように少し離れてソファーに座っていた。そして何事もないようにパソコンを広げて仕事をしている。

これは彼の優しさなのかそれとも冷たいのかわからない。でも今は一人になってゆっくり書けるほうがありがたかった。丁寧に名前と住所を書いて印鑑を捺した。

「書きました」

声をかけると彼は立ち上がって近づいてきた。そしてしっかりとまるで会社の書類に目を通すように鋭い視線でチェックをしている。

「完璧だ。明日提出してもらうから」

カップルで仲よく出しにいくのが夢だったが、それは叶わない。

「申し訳ないが明日は朝から仕事がある。引っ越し業者も依頼してあるからすべてお願いしたらいい」

「何から何までやっていただきありがとうございました」

頭を下げてから顔を見る。

「夫婦になるんだ。気を遣うな」

ぶっきらぼうな言い方だけど、そこに彼の心遣いが含まれているような気がした。

彼が座っているソファーの隣に座るように指示をされたので、遠慮しながら腰をかけた。緊張しながら座っている私のほうを見て笑っている。

「明日から夫婦なんだぞ。そんなに緊張していたら身がもたない」

「はい。私もある程度は、覚悟しているので大丈夫です」

そんなことを言っているが本当はドキドキしてどうしようもなかった。以前よりももっと心臓が高鳴ってしまうのはなぜなのだろうかと自問自答する。

それはきっと私が晴臣さんに惹かれつつあるからだ。

(本気で好きになってしまったらどうしよう)

夫婦になるのだからそれはそれでいいが、片想《かたおも》いでいるのはちょっぴり寂しい。

恋愛経験のない私だから、本気で人を好きになったとき、どんな感情になるのかは想像できないけど、きっと両想いになりたいと思うはずだ。

たとえ相手の心がこちらを向いてくれなくても、彼のために尽くしていくという人生も一つの道なのかもしれない。

「何をぼんやりと考えているんだ？」

「これからの私たちの未来について想像していました」

「どんな未来を想像している？」

「……そうですね」

一緒に過ごす中で私はどんどん彼のことが好きになっていく気がした。でも今はそのことは言わずに曖昧にした。

「秘密です」

「なんだ、それ」

肩を少し揺らして穏やかに笑う。

政略結婚の話をしに来たときは、冷たい人にしか見えなかったけれど、本来の彼はすべて丸ごと抱きしめてくれるような包容力がある人だ。

晴臣さんの長い腕に抱きしめられて、安心しながら眠ってみたい。

「気になっていることがあるんだ」

「なんでしょうか？」

「仕事を途中で辞めなければいけないと言って、落ち込んでいたよな」

「デザインの仕事が楽しくなってきたところだったので……。心残りはありますね」

「先ほど、会社の同僚も言ってた」

晴臣さんは何か考えるような表情を浮かべた。

肌がきめ細かくて、できもの一つなくてすごく美しい。すっぴんで彼の隣にいるのが恥ずかしいくらいだ。

穴が空くほど彼を見つめている自分に気がつく。彼がゆっくりとこちらを振り向いて柔らかく微笑んだ。

「雪華、これからは力を合わせて生きていこうな」

「はい……」

頭の中で考えていたってだめだ。人生なるようにしかならないのである。

どうやって楽しんでいくか。そのことに集中したほうがいい。

（思い悩んでも仕方がないもの）

少し吹っ切れた気がして柔らかな笑みを浮かべる。

「私たち、政略結婚だったかもしれませんけど、支えあって楽しく生きていきましょう」

「あぁ……」

黒々とした瞳に見つめられる。その目はとても色気があって、その視線に縛られているようで体が動かなくなった。

「可愛いな……。そんな顔をされるといじめたくなる」

ぼうっとしていると晴臣さんは笑顔から真顔になった。

顔がだんだんと近づいてきて、私は瞳をそっと閉じた。恋愛経験に乏しい私でもこの先何が起きるのか理解ができる。

次の瞬間、柔らかな唇の感触が伝わってきた。

一度離れたかと思えば、彼はまた唇を押しつけてきて、まるでマシュマロを食べているかのように美味しそうに私の唇を喰む。今までに味わったことのない心地よさが体中を駆け巡り、ふんわりと宙に浮いているような感じがした。

同時に、耳の奥で心臓の鼓動が聞こえて、自分が興奮してしまっていることに気がついていた。

晴臣さんのキスはとても長い。

私の後頭部に手のひらを添えて、顔の角度を変えながら何度もキスを重ねてくる。

「んっ……」

はじめての口づけなのに、こんなに濃厚なことをされて思考が追いつかない。呼吸をするタイミングすらわからなかった。

唇が離れて至近距離で見つめ合う。

愛されているのではないかと勘違いしてしまいそうなほど、慈愛に満ちた瞳をしている。晴臣さんは自らの親指で私の唇に触れた。

「大丈夫？」

恥ずかしくて頷くだけで精一杯。本当に溶けてしまうのではないかと思うほど、体中が熱くなっていく。

「雪華、大事にするから俺のことを信じてついてきてほしい」

「よろしくお願いします」

今日はキスだけの甘い夜だった。

次の日の朝、晴臣さんの秘書が早朝からやってきた。婚姻届を提出してくれるらしい。

「紹介する、秘書の村瀬だ」

「はじめまして。村瀬と申します」

背が高く眼鏡をかけていて、知的な雰囲気の男性である。

「はじめまして、雪華と申します。お世話になりますが、どうぞよろしくお願いします」

「奥様にお目にかかれて嬉しく思います」

奥様なんて言われ慣れていないので、苦笑いを浮かべる。

晴臣さんはいつも通りクールな表情を浮かべて婚姻届が入った封筒を手渡した。

「これを頼む」

「かしこまりました」

村瀬さんは、しっかりと受け取ってビジネスバッグの中にしまう。

役所に提出されるところを見てみたかったが、これから私は引っ越しをしなければならない。

「村瀬、彼女を家に送り届けてくれ」

「かしこまりました」

村瀬さんが私を家まで送るとのことで、一緒にマンションを出ることになった。

後部座席に乗せてもらう。車が走り出し、私は流れる景色を見ていた。

書類を出すところも見ることができずに、このまま夫婦になってしまう。

細身のデザインの腕時計をさりげなく確認すると、引っ越し業者が来るまでまだ時間があった。

「あの、婚姻届、自分で出しに行ってもいいですか？」

「構いませんが」

予想外の言葉だったのか、声色に疑問が滲《にじ》んでいる。

「予定を変更してすみません。自分の目で届けを出すところを見て、結婚したんだと納得したいんです」

「なるほど。いろいろご事情があるのは存じております」

理解のある秘書さんでよかった。でも私たちが本当に愛し合って結婚した夫婦ではないと知られているのでそれはそれで気まずい。

「様々な理由はあったと思いますけど、あいつが人生を共にする女性と結婚できたことが喜ばしくて」

急に秘書らしくない話し方になったので、どうしたのかと私は彼の背中に視線を向ける。

「若い頃からの知り合いなんです。副社長とはすごく気があって。なんでも知ってるので聞いてください」

「ありがとうございます」

こんなチャンスはない。何か聞きたいと頭の中でぐるぐる考えた。

「好きな食べ物はなんですか？」

「和食が好きですよ。煮物とか」

頭のメモ帳に記録しておく。結婚してはじめての夜だから、彼の好きなものを作って待っていたい。そう思うけど、そんなことを求めていないかもしれない。余計なことをしたと思われたら困る。

悩んでるうちに役所へと到着した。村瀬さんは車で待っていてくれると言うので、一人で降りる。

土曜日なので人が少ないが、多少並ぶ。周りには婚姻届を提出したカップルが数組いて、少しだけ羨ましい気持ちになる。本当は愛する人と一緒に出しに行きたかった。

待っているとすぐに自分の順番が回ってきた。書類を提出すると係の人が確認してくれる。

「問題ありません。受領いたしました」

「ありがとうございます」

この瞬間、私は宇佐川雪華になった。晴臣さんと夫婦になったのだ。

信じられないが浸っている場合ではない。これから引っ越しの準備をしなければならないのだ。

早歩きで駐車場に向かうと、村瀬さんがドアを開けて待っていてくれた。

「無事に提出してきました」

「おめでとうございます。副社長にも連絡しておきますので。業者がやってくる時間が迫っております。お急ぎくださいませ、奥様」

「は、はい」

奥様と言われることにまだやっぱり慣れない。

家まで送り届けてもらい、引っ越し業者が来るのを待っていた。東京に出てきてから一人暮らしをして一度も移転したことはなく、この部屋には愛着がある。

まさか今年結婚してここを出ていくとは想像もしていなかった。

夢か現実か。思考はまだ追いついていないけれど、これから受け入れていかなければならない。

自分のできることを頑張ろうと決意したとき、チャイムが鳴った。

お任せパックでお願いしてくれていたので、私はただ見ているだけ。あっという間に荷物が積み込まれて部屋はもぬけの殻となった。

「今までありがとうございました」

お礼をしてから部屋を出る。

私は旅行先でも部屋を出るとき、いつもお礼をするのがちょっとしたこだわりである。

ほとんど捨てることにして、必要最低限の洋服や日常的に使っているものを持っていく。晴臣さんの部屋に荷物を運び終えると、十五時を過ぎたところだった。

和食が好きだという話を聞いたので、お節介かもしれないけど、料理をして待っていたくて、私はマンションから外に出た。

もし食べてもらえなかったらそれでいい。明日は当番で日曜出勤。お弁当に持っていけばいいことだし。

マンションから出ると、少し歩いたところにスーパーがあった。土地柄なのか野菜もお肉も少々高めだ。

料理はどちらかというと好きなほうなので、基本的なことならできる。今日のメニューは肉じゃがと、鮭《さけ》のホイル焼き、豆腐となめこの味噌汁《みそしる》にした。

人参は嫌いだと言っていたから、小さめにした。

(結婚した初日だから、本当はお祝い事のようにするべき?)

しかし、私たちは愛し合って結婚したわけではないからいいだろう。

材料を買い込んで自宅マンションに戻ってきた。フロントにコンシェルジュがいることにまだ慣れない。どぎまぎしながらフロントを抜けてエレベーターに乗った。

「……ただいま」

私の声が広いリビングに静かに溶け込んでいく。

晴臣さんがいない部屋に一人でいると、不思議な気持ちになる。今日からここが私の家なのだ。

料理をする前にまずは母に無事入籍をしたと電話をしよう。

『もしもし』

「お母さん、無事に入籍したから」

『雪華、ありがとう』

「お礼なんてしなくていいよ。酒造が存続していける道が一番幸せだから」

『……晴臣さんとか、ご両親から嫌がらせをされていない?』

「大丈夫。思ったよりも大切にしてくれてるよ」

愛されているかどうかは別だけど、私のことを考えて行動してくれているのは間違いない。

『辛かったらいつでも実家に戻ってきていいからね』

そんなことをしたらすぐに傘下から外されてしまう。なんとか彼に嫌われないようにして過ごしていかなければならない。

「心配しなくて大丈夫。夫婦としてちゃんとうまくやっていくから」

『体は大切にしなさいよ』

「わかった。お母さんもね。じゃあ」

電話を切ってから、ため息をついた。

料理をはじめようと思ったら、スマホにメッセージが入る。

『今夜は夜七時ぐらいに帰れる』

『わかりました』

律儀にメッセージを送ってくれたので頬が緩む。気を引き締めてキッチンへ。帰宅までに、食事の準備を済ませておこう。

味が染み込むように先に煮物から作ることにした。愛情を込めながら野菜を切って味付けをしていく。

一時間後、料理が完成した。何をして待っていたらいいのかわからず、ソファーに座って大人しくテレビを見ていた。

今日は入籍してはじめての夜になる。ということは、キス以上のことに発展するのだろうか。

ドアが開く音が聞こえたので、ビクッとなって慌てて立ち上がり玄関へと出迎えに行った。

「おかえりなさい」

「ただいま」

荷物を受け取ろうとするが、晴臣さんはスリッパに足を通すとすぐに洗面所へ行き、手を洗いはじめた。

ただいまのキスをするのは愛し合ってる新婚がすること。何を変な期待をしていたのだろう。

手を洗って出てきた彼はリビングへと行き、キッチンに目を向けている。そして、こちらに視線を向けた。

「何か作ったのか？」

「村瀬さんから聞いたんです。和食が好きだって。肉じゃがと簡単な料理を作りました」

「俺のために？」

どう答えるのが正解かわからず私は黙り込んだ。

あなたのためにと言ったら重たいかもしれないし、私が食べたいから作りましたと言って、身勝手なことをしたと思われても困る。

和食が好きだから作ったという言葉で、こちらの気持ちを汲《く》み取ってほしい。

「そういえば、婚姻届は雪華が出したそうだな」

「はい」

「そのぶんあいつと長く一緒にいたということか」

なぜか不機嫌な表情を向けられて居たたまれない気持ちになる。自分の余計な情報を聞かれたと思っているのか。

「好きな食べ物を聞いただけです。それ以上のことは何も……。ただの世間話をしていました」

「なるほど」

苛立ちを隠すように彼は寝室へと消えていく。

籍を入れてはじめての夜なのに、こんな険悪なムードになるとは思わなかった。

食べてくれると期待していた料理も、口にしてくれないようだ。切ない気持ちになって食欲がなくなった。

(今夜は抜こうかな……。お弁当用に詰めておこう)

まだ今月いっぱいは、会社員として出勤しなきゃいけない。

お弁当箱を出していると、スウェットに着替えて出てきた晴臣さんが近づいてきた。

私の背後に立ったので振り向いて視線を送ると、なぜか彼は両手を広げて立っているのだ。どういう意味だろうと見つめる。

「……ただいまのキスをしていない」

「えっ?」

予想外のことを言われたので、私は手に持っていたしゃもじを落としそうになった。

「新婚だ。距離を詰めていこう」

「……そ、そうですよね」

近づいてきて顔を傾けて唇を重ね合わせる。小鳥のような挨拶程度のキスだったが、不意打ちだったので、心臓の鼓動が早鐘を打つ。

「ちゃんと手を洗って綺麗な状態にしてからでないと、ウイルスを移してしまったら困る。帰ってきてすぐにキスをするなんて、相手のことを考えてない行動だ。俺は幼い頃に風邪を引いてから一度も熱を出したことがない。過労で寝込んでしまったことはあるが」

ただいまのキスをどこかで期待していた私。キスをしてくれないと少し落ち込んだけど、私のことを考えて、手洗いと着替えを済ませてからキスとハグをしてくれたのだ。甘すぎる行動に私の頬が熱くなる。

「お気遣いありがとうございます」

キスを終えて微妙な空気が流れる。彼は台所の上に置いてある弁当箱に視線を移した。

「弁当箱？　俺のために作ってくれたんじゃないのか？」

「そうです。晴臣さんに喜んでもらいたくて作りました」

満面の笑顔を浮かべると、強張っていた表情をしていた彼も柔らかくなる。

「昼は忙しくて食べることができなかった。腹が空いている。早速いただいてもいいか？」

「はい！　すぐに準備をしますので待っていてください」

彼は食卓テーブルに座って近くに置いてある本を読んでいる。

隙間時間を見つけて読書をすることが趣味なようだ。いろんな人と話をするから教養を深めるための努力をしているように見えた。

お皿に料理を盛りつけてテーブルに並べていく。

「何か呑みますか？」

「日本酒にしよう」

「冷《ひや》でいいですか？」

「ああ」

愛し合ってる夫婦ではないけど、日本酒で夜ご飯を食べることができるなんて幸せ。

準備が終わって向かい合って座り、彼が箸をつけはじめる。

眉間に深く皺を刻むので、口に合わないかと顔を覗き込んでいると、何度も頷いた。

「……すごく美味しい」

「よかったです！」

「日本酒にも合う」

あっという間に白米を食べてくれた。

「おかわりはどうしますか？」

「いただこう」

炊きたての白米を手渡すと、彼は微《かす》かに笑った。

「新婚太りというのはこういうものなのか？」

「え？」

「こんなにうまい料理が待っているなら、早く帰ってきたくなる」

胃袋をつかめたようでよかったけど、私という人間を好きになってくれたらもっと幸せなのにと想像してしまう。

「十二月。傘下に入ったタイミングで、千本限定で商品を出すことになった」

「そうなんですね」

「そこで幻の酒として売って、大元酒造の存在を広く知ってもらう。そして来年の秋頃のタイミングで新商品を発売する予定だ」

実家がさらにたくさんの人に知ってもらえると思うと、ワクワクしてきた。

「どんなテーマで作ったらいいか。どんな酒にするべきか。日本全国の日本酒を調べていて、いくつかめぼしいところを見つけたんだ。もしよかったら、一緒に視察してもらえないか？」

「ぜひ！」

うちの実家にとっても会社にとっても利益になることだから、協力していきたいと思う。

日本酒を呑み終えたが、二人ともアルコールに強いので全然酔っ払っていない。お酒の強い人と結婚することができてよかった。

遠慮なく呑むことができるので、不幸中の幸いだったと言える。

続いて、ワインを呑みながら、ゆっくりと会話を重ねていく。

「それと相談なんだが、デザインの仕事に未練があると言っていただろう？　子供ができるまでの間、俺の会社で商品企画部のデザインチームで仕事をしてみないか？」

「いいんですか？」

「うちの両親も話をしていたが、今の時代、社員に寄り添える役員というのが大切で。いずれ俺は社長になる。雪華は社長夫人だ。働いた経験がある人が社長夫人だったら、社員は心強いんじゃないかと思ったんだ。それに、子供ができるまでの間、急に何もすることがなくなったら雪華は耐えられないだろうし」

よく私の性格を理解してくれている。

「今まで蓄積してきたノウハウを伝授してあげてほしい」

「前の会社には申し訳ないですけど……。働かせてください」

「すぐに子供ができてしまうかもしれないけどな？」

セクシーな瞳を向けられると、どんな表情をしていいのかわからず、私は瞳を左右に動かす。

「早速、総務部長に話をしておく」

お互いに入浴を済ませてリビングへと戻ってくる。今日も私は後から入ることを選んだ。

彼が座っている横にゆっくりと腰をかける。するといつもと違った甘さを含んだ空気に思いっきり動揺する。心臓が壊れてしまいそうなほど激しく鼓動を打つ。

晴臣さんはこちらを向いて、手を伸ばして私の頬を包み込む。頭を傾けて、柔らかなキスをしてくる。何度も唇を合わせているけれど、夫婦になっての口づけは特別なような感じがした。

呼吸ができなくなるほど緊張しているけど、ちゃんと夫婦になりたい。心はなかなかつながることはできないなら体だけでもいい。私がこの人と結婚した役割を果たせるように。

「怖い？」

「いいえ」

「本当に？」

私はコクリと頷いた。彼は私の額に額をくっつけてきた。

「怖かったらちゃんと言ってくれ。泣きそうな瞳を見ると、こちらが胸を締めつけられる」

怖いというよりも心がつながらないことが苦しい。そんなことを口に出すことはできず口を開く。

「はじめてなので、うまくできなかったらごめんなさい」

「何も心配することはない。俺に身を任せてくれたらいい」

彼の言葉が力強くてすごく安心した。立ち上がった晴臣さんが私を横抱きにする。

まさか、お姫様抱っこをされると思わず胸がキュンとなる。

無意識かもしれないけど、女性を喜ばせるのが上手だ。今までたくさんの女性と大人な関係を過ごしてきたことだろう。ちょっとだけ嫉妬心が湧き上がったけれど飲み込む。

これからの未来はきっと私だけだと思うから、今は余計なことを考えないようにしよう。

寝室に運ばれてベッドに寝かされた。ふかふかなマットに火照った体が沈む。

私のことを組み敷いた彼がゆっくりと服を脱いでいく。均整の取れた体躯だ。目のやり場に困った私は、彼の肩越しに見える天井を見つめた。それでも恥ずかしくなって目を閉じる。

「見たくないか？　現実を受け止めたくないのか？」

悲しそうな声音だったので私はびっくりして目を開いた。

「違います。恥ずかしくてどうしたらいいのかわからないんです」

その言葉を聞いた晴臣さんは優しく微笑んで、背中に手を差し入れて抱きしめてくれた。夫の心臓の音が聞こえてくる。自分だけじゃなくて彼もドキドキしているのがわかった。

「俺も一緒だ。恥ずかしいのは同じだ。しかし俺しか見ていない。安心して雪華のすべてを見せてくれ」

私の頬を指の背中で撫でて、額にキスを落とす。まるでヒナ鳥のように大切に扱う彼に安堵して、私は徐々に自分をさらけ出した。


目が覚めると隣に彼はいなかった。休日当番なので出勤しなければいけず、慌てて起き上がると体中が痛む。

自分の体の中に晴臣さんの一部が入ってきたのだと、だんだんと実感してくる。

夢でなく現実で、すべてを見られてしまったのだ。

熱い夜を思い出し羞恥心に襲われる。いつ眠ってしまったのだろう。しっかりとパジャマを着せられて布団がかけられていた。

夫婦だから仕方がないけど、やっぱりもう少しダイエットしておけばよかったと後悔する。

扉が開いて、晴臣さんが入ってきた。

「そろそろ起きないと遅刻するぞ？」

太陽に照らされた彼を見ると心臓が爆発しそうになる。

体を重ねたことで、私は彼のことをもっと好きになってしまったようだ。

とても丁寧な扱いを受けた。本当かどうかわからないけれど、何度も可愛いと言ってくれた。

女性として幸福な時間を堪能する経験ができた。余韻に浸っていたいが出勤をしなければならない。

一緒に朝食を摂《と》り、彼が会社まで車を出してくれた。私を大切に扱うものだから本当に愛されて彼の奥さんになったと勘違いしてしまいそうだった。

間違ってはいない。戸籍では夫婦なのだが、本当に身も心もつながっている二人ではないのだ。


残りの出社期間は、引き継ぎをして過ごしていた。

そして最終日を迎え、机周りを片付けている。

もうここに来ることはないのだと寂しい気持ちが湧き上がってきた。様々なことを学ばせてもらって感謝している。

「雪華がいなくなっちゃうなんて信じられないよ」

愛子がこちらを見て眉毛を下げていた。

「今までありがとうね」

「やだ、永遠のお別れみたいなこと言わないで」

そんなやり取りしているところを同僚たちが温かい目で見てくれている。

「終礼します」

全員仕事をしている手を止めて立ち上がった。

「本日で退職される大元さんから、最後にご挨拶していただければと思います」

「今まで本当にありがとうございました。急な退職となってしまい申し訳ありませんが、みなさんと過ごした日々は忘れません」

頭を下げると大きな花束を渡された。

見送られて私はオフィスを後にしたのだった。


家に戻ってくると一足先に晴臣さんが帰ってきていた。そしてテーブルには料理が並べられていた。私のためにケータリングで用意してくれたらしい。

「お疲れ様」

「わざわざ準備してくださったんですか」

「大したものではないが」

私のことを思ってやってくれたことがすごく嬉しい。

「ありがとうございます」

まさか用意してくれると思わず、私は満面の笑みを浮かべた。

「こんなことで喜んでくれるなら、こちらも準備した甲斐《かい》があった」

「忙しいのに。本当に嬉しいです」

食事をしながら他愛のない話をしてアルコールを流し込む。

これからまた新しい人生がはじまる。
楽しいことも辛いこともあるだろうけれど、自分らしく頑張っていこうと決意した。

第五章　新しい道

四月下旬。この土日で、飛騨高山《ひだたかやま》へ日本酒の視察をすることになった。

朝早く起きて飛行機に乗っている。電車や車で行けるが、少しでも早く到着してゆっくり観光したいと言っていた。

日本酒の視察なのに、観光という言葉が出てきて笑いそうになった。でも彼も人間だ。たまにはのんびりと息抜きしたいのだろう。

今夜は旅館を予約してくれているようで、一泊してゆっくりしてくる予定だ。

飛行機に乗ったら、すぐにノートパソコンでも広げて仕事をするのかなと思っていたが、穏やかな表情で外を眺めている。

彼の頭の中ではどんな商品を発売しようかいろいろな想像が働いていそうだ。

入籍して一緒に暮らしはじめて、まだそんなに日が経っていないけれど、晴臣さんは素敵な旦那様だ。

なんでも家政婦さんにお願いすればいいと言っていたが、私が少しでも家事や洗濯を自分でしたいと言えば、理解してくれたように頷き、無言で手伝ってくれる。

仕事で忙しい彼だ。誰かにお願いできるなら家事を頼みたいだろうに。逆に負担をかけてしまっているのではないか。

先日は料理をしているとき、私は指を切ってしまった。すぐに走ってきて絆創膏《ばんそうこう》をつけてくれ、心配そうな眼差しを向けてくれた。

大切にされているんだなと感じて胸が温かくなっていた。

週に三回ほどは体を重ね合っていて、自分の体がだんだん夫の形に作られていくような気がしていた。

大事にしてもらっているので何も言うことはないが、愛しているとか好きとかそういう言葉はやっぱり聞かせてもらえない。

期待してはいけないけれど、自分の中で彼への気持ちが膨らんでいき、叶うことなら抱きしめ合って愛の言葉を囁《ささや》かれてみたい。

今まで誰かとお付き合いしたこともないし、恋らしい恋もしたことがない。だから、これが恋愛感情であるならば、初恋なのだろうか。

この気持ちがはっきりとわからず、でも、わかってしまったら、それはそれで、切なくなりそうだから、考えないようにしていた。

空港に到着して電車で移動する。彼は何だかはしゃいでいて、建物の話をしたり、景色の話をしたりしてくれた。

「風情があっていいよな」

「はい。落ち着きますよね」

行ったことがない場所で胸が弾んで楽しみたい気持ちがあるけれど、あくまでもこれは仕事なのだ。

私たちは夫婦だが、心がつながっているわけではなく、距離を縮めることにどこか抵抗があり、私はなかなか敬語から抜け出すことができない。

実家を助けてくれた救世主だと思っているし、機嫌を損なうことを発言して離婚されたら困る。万が一、実家を傘下から外されたら今度こそ本当に経営を立て直すのは厳しくなる。

「まずは、腹ごしらえをしよう。何が食べたい？」

「お酒が美味しいところってお水が美味しいと思うんです。だから地元のお蕎麦屋《そばや》さんとかないでしょうかね」

「それはいいアイディアだ」

指を鳴らして明るい表情を浮かべ、自然と彼は私の手を握った。夫婦だから何もおかしなことはないのだけど、デートらしいデートをしたことがないので動揺してしまう。

しばらく歩くと、歴史がありそうな建物に暖簾《のれん》がかかっている蕎麦屋を発見した。

テーブル席に案内され、地元の蕎麦粉を使っているというざる蕎麦を注文。

蕎麦茶を飲みながらのんびりと待っていると運ばれてきた。

「めんつゆを付けずに一口食べてみてください」

店員に言われ試してみる。蕎麦の風味が美味しくてたまらなかった。

最後には日本酒をかけて喉越しを楽しむという食べ方をするみたいで、珍しくてテンションが上がる。

ランチ後は早速酒造を見にいくことになった。

到着して中に入ると古き良き建物の空気が流れている。酒造特有の米の発酵する甘い香り。実家を思い出して家族に会いたくなる。

「創業が明治だって。この店の商品はネーミングもユニークなんだ。外国人観光客にも愛されていて、学ぶことが多い場所だと思う」

「そうですね」

まずは工場見学をさせてもらう。驚いたのは美味しいお酒になるようにクラシックを聴かせているということだ。

「我が子のように育てているのですね」

「これは驚いたな」

続いて、売店に行ったら、様々な種類のお酒を試飲することができた。

その中でも人気なのは、通年販売されている純米吟醸。メロンのようなふくよかな香りの中に、ナッツのような香ばしさが感じられとても美味しいお酒だ。

「関連商品の販売もうまい」

私は呑むことばかりに意識が取られていたが、彼は鋭い目線で店内を眺めている。

たしかに日本酒だけではなく、甘酒、甘酒入りのスイーツや和菓子、さらにはパックまで売られていた。

「もし成功したら、こういう関連商品を売り出すのも手だな」

「客層が増えますよね」

「あぁ」

店内を見学して外に出ると、彼はタブレットで店舗ホームページを眺めている。

「古き良きものは残しておき、新しいものとコラボする。会社としてのチャレンジ精神も見習わなければいけないな」

仕事をしている彼は、テキパキとしていてすごく魅力的だと私の目に映った。こんなに素敵な人が私の旦那さんで本当にいいのか。

この人の子供を産むことができるなんてとても幸せだと思う。

近隣の酒造をいくつか見学した後、旅館に行くまで時間があったので飛騨古川《ひだふるかわ》を散策することにした。伝統的な家屋が軒を連ねている。

出格子や土壁など風情があり、瀬戸川には朱色や白色の鯉《こい》が優雅に泳いでいた。この景色を見ているだけで癒《いや》される。

のんびり歩きながら民芸店に入ってお土産を見たり、喫茶店で抹茶セットを頼んだりして、仕事を忘れて素直に観光を楽しんでいた。

旅館に移動すると立派な外観だった。

「ここもかなり古い建物らしいんだが、綺麗に使って雰囲気を残しながらやっているらしい」

「素敵な場所を予約してくださりありがとうございます」

喜んでしまったが、これも仕事の一環なのだ。余計なことを言ってしまったと横を見ると彼は優しい瞳で私を見つめていた。

「雪華の笑顔が見られて嬉しい」

中に入ると仲居さんが丁寧な挨拶をしてくれた。

ロビーは広々とした空間でお香の香りが漂っていて、柔らかなオレンジの光が灯《とも》っている。ここに入るだけでリラックスした気持ちになれた。

部屋に案内されると露天風呂付き。私は一気に気持ちが上昇するが、実は晴臣さんと一度も一緒にお風呂に入ったことがない。

（もしかしたら混浴するかも）

想像すると頭から火が噴き出そうになった。お互いに浴衣に着替えて和室でくつろぐ。

部屋から見える景色は、和風の庭だった。庭で連想するのは先日のこと。

「ウエディングドレスで記念写真を撮ってきた日を思い出しますね」

「あぁ、とても似合っていて可愛かった」

またさりげなく私のことを褒めるので、どうしていいかわからず目をそらしてしまう。

「たまにはこうしてゆっくりと旅行したい。本来であれば新婚旅行が先なのになかなか時間が取れず、ごめんな」

「いえ、私たち政略結婚なんですよ。気にしないでください」

気を遣わせたくないと思い明るい声で言ってしまった。しかしこの言葉がよくなかったのか彼はいきなり切なそうな表情を浮かべる。

夕食は部屋食で会席料理だった。

蒸しアワビの酒蒸しからはじまり、焼き魚やゆずの器に入った茶碗蒸し《ちゃわんむ》し、お造りは新鮮な魚が載せられていて、日本酒で煮込んだ魚の煮付けがとても美味しかった。

私たちは純米吟醸の冷酒をお願いし、料理とともにグイグイ流し込んでいく。美味しい料理を引き立てるのはやはり日本酒だなぁと感心していた。

(身も心も満たされた私は、こんなに幸せでいいのかな)

隣にいる彼が何かを言いたそうにしていることに気がついた。

「もうそろそろ敬語で話すのはやめないか?」

突然言われたので私は驚いて目をぱちくりさせる。お互いアルコールに強いのでそんなに酔っ払ってはいない。

「俺たちはもう夫婦なんだ」

彼の言う通りだ。敬語で話している夫婦も世の中にはたくさんいるが少し距離があるように思えてしまう。

「政略結婚だって世間に思われたら嫌ですもんね。傘下に入るから結婚しただけだとちょっとつまらないですし、二人が愛し合って結婚したって言ったほうが商品も売れるかもしれません」

そんな事務的なことは言いたくなかったけれど、彼の気持ちを汲み取ってそうやって伝えた。ところがイライラさせてしまったようで鋭い視線を向けられる。

「それは本心？」

「……はい」

それ以上求めてはいけない気がして本心だと答えた。

するとさらに残念そうな表情を浮かべられ、こちらをじっと見つめてくる。大切な話をされるかと私は目をそらさずに受け入れることにした。

「俺は、ずるい男だ」

「え？」

酔っ払っているのかと思ったがいつもの冷静な表情をしている。でも何かを言いたそうにしているので私は黙って話を聞く。

「本当は、すべて俺が仕組んだことだ」

「……晴臣さん。少し酔っていますか？」

私の質問に答えずに彼は無視をして話し続ける。

「探してたんだ。でも会えなかった。だからどんな手を使ってでも、雪華を手に入れたいと思って。実家を助けるという条件だったら結婚してくれるかなと」

そんなことを考えていたなんて全然知らなかった。

彼はこちらを真剣な瞳で見つめてくる。

「結婚していいと思える女性にずっと出会えなかった。しかし、雪華に出会えたんだ。俺には、結婚しなければいけない期限があった。だからすべてを仕組んだ」

「……」

まるで私のことを求めていたというような言葉に頭が呆然としてくる。

「バーで会ったときナンパをされたと思った。ところが本当にそういう目的じゃなくて、日本酒が大好きで明るく話してくれている姿に惹かれた。しかしこの直感を信じていいのか悩んだんだ。だけどずっと頭から離れなくて、もし次に会えたときには結婚を前提に交際してほしいと伝えるつもりだった」

私も彼と出会ってから、なかなか忘れられなかった。そして話をもっとしたいと思ったけれど、海外出張に出てしまい会うチャンスがなくなった。

運命などそんなに転がっていないと、どこかで諦める気持ちがあって、思い出さないようにしていたのだ。

ところが政略結婚をしたいと突然、彼が現れて、自分の心に芽生えていた淡い気持ちが一気に凍りつくような感じがした。

芽を出そうとしていた何かに蓋をして、咲いてしまわないように心がけていた。

「雪華、はじまりは政略結婚だった。でも俺はきみのことが好きだ」

「……えっ」

(夢でも見ているの?)

熱視線を向けられて私の心臓がバクバクと動き出すが、勘違いしそうになる気持ちを落ち着かせた。

好きと言ったたって、恋愛感情じゃなく、人間として好きだという意味もある。私はこの空気を変えたくて、冗談はやめてくださいと言ったような笑みを浮かべた。

「好きって。ありがとうございます。一緒に暮らすのですから、気の合う人と一緒に暮らしたほうがお互いにいいですよね」

「恋愛感情として、雪華を好きだ」

はっきり言われた。私は笑顔がだんだん強張っていく。

私の気持ちはどうなのだろう。彼に惹かれていることは間違いないけれど、恋愛経験がないので、この感情が好きなのかどうかというのがわからない。

『憧れ』と『好き』という気持ちは似ているようで違う気もする。難しすぎてわからない。でも彼に好かれていると知ってすごく嬉しかった。

「俺が一生守っていくから」

「……あ、あの」

「こんなこと急に言われても困るだろう？　今は無理に考えなくてもいい。もし叶うことなら、いつの日か俺のことを好きになってもらえるよう頑張るから」

はっきりと好きと言えない。たった二文字の言葉なのに、すごく重たい言葉のような気がして安易に使えなかった。

「私は恋愛をしたことがないので、よくわからなくて……。晴臣さんのことをすごく素敵だと思っていますし、あなたに恥じないような妻になりたいです」

「ありがとう。それで充分だ」

私は言葉の続きを話そうとしたけれど、長い腕で抱きしめられてしまう。彼は話を聞きたくないようだ。だからそれ以上言葉を紡ぐのは失礼なことだと話すのはやめた。

しばらく抱きしめられていて、その中で私は考える。

これだけ素敵な人なのだから、今までの人生で何回も交際経験があると思う。その中の人とゴールインすることは考えていなかったのか。

仕事が忙しすぎて恋愛する時間がなかった可能性もある。

「質問させてください。今までに心から愛した女性はいますか？」

「愛とは言えないかもしれないな。今まで一人だけ交際経験がある」

その一言が私の心臓に深く刺さる。

自分から質問しておいて傷つくなんて、お門違いだ。きっと私は彼に心を奪われているから、独占欲が湧き上がったのだろう。

「はじめて付き合ったから大切にしなければと思っていたが、もう過去のことだ」

詳しく話したくない様子だったので、私はそれ以上聞かないことにした。

「せっかくだから一緒に風呂に入るか」

「えっ」

「露天風呂付きの部屋にした意味がないだろう？」

私をからかうように挑発してくるので、なんだか負けず嫌いの気持ちが出てきて、私はムッとした表情を向ける。

「は、入ります！」

「よし。じゃあ俺が浴衣を脱がせてやる」

「自分で脱げます」

「ほう。じゃあ脱ぐところを見せてもらおうか？」

「意地悪しないでください」

「好きな子には意地悪をしたくなるのが男というものなんだ」

さらりと好きだと言われて私の頬が熱くなるのを感じた。そんな顔を見られるのはなんとなく恥ずかしくて脱衣場に逃げ込んだ。

◆

「今日から働いていただく宇佐川雪華さんです。以前の会社ではデザイナーとしての経験があり、お手伝いしてもらうことになりました」

チーム長の山崎《やまざき》さんが紹介してくれた。眼鏡をかけた優しそうな壮年男性だ。

五月から、私は夫の会社で働くことになった。パートタイマーとして週に四日企画部デザインチームで働かせてもらい、子供ができたらその後のことは相談すると約束している。

晴臣さんの両親も今の時代、将来の社長夫人は業務経験者のほうが社員に親しんでもらえるとの意見も言ってくれた。しかし、妊娠できなくなるかもしれないので無理は厳禁と言われている。

家事全般は家政婦さんがやってくれるから、仕事をしても負担にはならないだろうし、結婚して何もすることがなくなったら、調子が狂ってしまいそうだ。

そして今日が初出勤日。

副社長の妻という立場なので、受け入れてもらえるかわからないが頑張りたい。夫の会社を理解できるいい機会だと思っている。

紹介が終わると拍手で歓迎してくれたようだった。

「本日からお世話になります、宇佐川雪華と申します。よろしくお願いします」

チーム内には全部で四名の社員が所属している。

チーム長、ボブヘアーでスラッとした美しいベテラン女性の川田《かわだ》さん、長い髪の毛の先をカールしている可愛らしい雰囲気の新卒の女性の日野《ひの》さん。

そしてもう一人は驚いたことに、私が以前の会社で師匠と仰いでいた、松岡秀太《まつおかしゅうた》さんだ。

「え、雪華ちゃん？　こんな偶然ってあるんだ！」

「松岡さん？」

「二人は知り合いなんですか？」

山崎さんが驚いたように眼鏡をクイッと上げて質問した。

「ええ、以前の職場で同僚でした。彼女が入社して一年後に俺は転職したんですけど。すごく優秀な社員だったんで、印象に残ってます。まさか一緒に働けるなんて思わなかったよ」

松岡さんは茶色のふわふわとした髪型をしていて、色が白くて、顔のパーツが一つずつ主張していない。

ストライプのシャツに水玉のネクタイを合わせてくるような個性的な服装もするが似合ってしまうような人だ。

喋《しゃべ》り方《かた》は少し軽く聞こえるが、数々の賞を受賞していて、彼の担当したパッケージデザインの商品は社内の売上歴代一位を記録している。

「尊敬していた先輩の一人でしたので、まさかここで一緒に働けると思わず、すごく嬉しいです」

引き抜きにあって転職してしまった。一緒に働いているときは基本から教えていただいた大先輩だ。

「元々知り合いということでよかったです。では雪華さんへのレクチャーは松岡さんに頼んでもいいですか？」

「もちろんです」

私は彼と一緒に働けることが楽しみだ。

「まさか、同じ会社に来るなんて驚いたよ」

松岡さんがランチタイムに社員食堂に誘ってくれた。私が前働いていた会社も立派で広くて素敵な場所だったけど、ここの会社はさらにこだわりが強い。

食堂というよりもレストランという雰囲気で、テーブルも椅子も一流デザイナーが手がけたものらしい。

大きな窓からは太陽の光をたくさん取り入れることができ、明るい雰囲気になっている。しかし夜になると一変、ムーディーな照明に店内が照らされて、アルコールを嗜むことができるらしい。

二十時過ぎると社員であれば自由に呑みに来ることができ、接待にも使われることが多いという。さすが業界でも第一のアルコールメーカーだ。お酒好きな私にとっては願ってもない職場だ。

店内は社員で賑《にぎ》わっていた。ここで働いている人は、みなさん生き生きしているように見える。

女性の社員は洗練されたメイクとオフィスファッション。男性社員はスーツを着ている人が多いけれど、ネクタイは様々なデザインのものを着けている人が多くて、自由な社風も魅力的に映った。

「あそこの窓際が空いてるからそこにしよう」

「はい！」

松岡さんに誘導されてついていき、向かい合って座った。

今日のランチはふわふわ卵のオムライス。松岡さんは鮭の西京焼き定食だ。

「いただきます」

真っ赤なトマトソースがかけられ、ふわふわの卵に包まれたバターライスをスプーンですくい口に入れる。卵の甘みとバターのコクが広がってとても美味しい。見た目も味も抜群。

「ここの料理すごく美味しいですね」

「そうだろう？　俺も引き抜きにあってよかった。前の会社も好きだったけどね」

晴臣さんはどこで食事をしているのだろう。ここに来ることもあるのかな。職場でもたまに会えたら嬉しいのに。

でも、こんな素敵なレストランがあるなら、愛妻弁当は不要だ。味の感想をもらって喜んでいる新婚夫婦の恋愛小説を見たことがあって、なんだか羨ましいなと思ったことがあった。でも私たちは本当の夫婦ではない。

……と、思ったけれど真剣な瞳で好きだと伝えられた先日の夜を思い出す。

「副社長と結婚したなんてな」

「そうなんです」

曖昧に笑ってごまかす。それなのに松岡さんは副社長の話題から離れようとしない。

「副社長って三十三歳だっけ？　俺と同じ歳ってことだよな。社長から結婚を迫られているって聞いたことがあるんだ。やっぱり大企業のトップにもなる人はそういうのが大変だなって思ってたんだけどさ」

私は余計なことを言わないようにしようと話を聞くことに徹する。

「なかなか結婚しないのは、忘れられない女性がいたって話だけど」

「え？」

そんなの聞いたことがなくて胸がぎゅっと締めつけられる。過去に付き合っていた女性がいるとは言っていたが、その人のことなのか。もう過去のことだと言っていたのに。好きだった人のことをそんなに簡単に忘れられないのもわかるけれど、切なくなってくる。

「でも運命の人に出会えてよかったな」

西京焼きを口に運びながら微笑まれたので、私は笑顔を向けた。


その夜、仕事を終えて帰宅し、家政婦さんが作ってくれた料理を晴臣さんと一緒に食べる。

「松岡と知り合いだったとはな」

「本当に才能がある人でした。つかみどころがなさそうで、軽そうな印象を受けるんですが、観察力が鋭くて……。彼が生み出す作品は楽しみで仕方がなかったんです」

興奮して一気に話をしてしまった。我に返り晴臣さんの表情を確認すると、いつも以上にクールに見えた。

「随分と熱く語るんだな」

深い意味はなかったが、気分を害する発言をしてしまったかと逡巡する。

晴臣さんだって愛していた女性がいて、その人のせいで結婚を躊躇《ためら》っていたと噂《うわさ》を聞いた。

本当はその人のことが忘れられていないのではないかと疑心暗鬼になる。でも私に追及する権利はない。

◆

晴臣さんの会社に出勤するようになってはじめての土曜日。

副社長の妻としていい意味で特別扱いを受けず、一社員として働かせてくれている。

一週間の疲れを癒しながら家事を楽しんでいると、スマホに電話が入った。誰かと思って見てみると義母からだ。

「こんにちは」

入籍してから一度ふたりで実家にお邪魔したが、それっきりだった。

『雪華さん、近くまで行ったからお邪魔してもいいかしら？』

突然過ぎたので言葉に詰まりそうになったが、週に二回家政婦さんが入ってくれて綺麗に掃除してもらっているので問題ない。

「お待ちしております」

晴臣さんがいない状態で会うのははじめてだ。失礼のないようにしなければいけない。

二十分後に到着し、チャイムが鳴る。

「フルーツ大福が美味しそうだから買ってきたわよ」

「ありがとうございます。煎茶をご用意いたしますね」

お茶を出して、義母が座っているL字型ソファーの向かい側に腰をかける。

「とても美味しそうですね。いただきます」

せっかく買ってきてくれたので口にするのが礼儀だと思い食べることにした。

「フルーツがジューシーで甘いです。あんこも品のある味でとても美味しいです」

「気に入ってくれてよかったわ」

何か言いたそうにしているので、私は話しやすいように笑顔を浮かべていた。

「嬉しい報告はまだないのかしら？」

籍を入れてまだ二ヶ月になっていない。

「残念ながらまだそのような兆候はありません……」

「そう……。いずれ社長夫人になる者として社員と一緒に働いていた経験があるのは強みになると思うわ。社員の気持ちをわかってあげられることは大切だしね」

「はい。私がデザインの仕事に励んでいたことを評価してくださって、パートタイマーという形ですが働かせてもらっています」

「でも、仕事に打ち込み過ぎるのは反対よ。社長になる夫を支えていくのも立派な仕事なの。だから妊娠がわかったらすぐに辞めるべきね」

「そうですよね……」

仕事が好きな私が家庭に入るというのは少々心苦しいが、これが宇佐川家の妻になるということなのだ。

「決して無理はしないこと。仕事をしてあなたが疲れていたら、対応したくてもできない夜だってあるのよ」

そんなことまで助言しなくてもいいのにと内心思ったけど、私は何も言わずに笑顔を向けるだけ。

「あと、お酒が強いと聞いたけれど……万が一妊娠していたら子供に悪影響だと思うの。妊娠初期はね、胎児の体が形成される大事な時期なのよ。薬とか、アルコールとかは控えるべきね。それは女性の務めなのよ」

「……はい」

子供を作る努力はするけれど、授かりものなのでどうすることもできない。

跡継ぎを作るという約束で結婚をしたので、基礎体温を測るなどしなければいけないし、万が一妊娠していたら胎児によくないのは理解できる。だから、アルコールを控えるべきだ。

今までは、そこまで神経質になっていなかった。素直に返事をしているけれど、私の気持ちが沈んでしまっていることを感じ取ったのか、義母は穏やかな表情から厳しい顔になった。

「宇佐川家と結婚するということはそういうことなんです。自覚を持ってください」

いつもよりトーンの低い声で咎《とが》められてしまった。

「仕事は習い事をする程度の感覚で行って。万が一無理をして、流れてしまっては困るでしょう」

「助言いただきありがとうございます」

言いたいことを言い終えると、義母はスッキリしたような表情をして立ち上がった。

「また定期的に足を運ばせてもらいます。可愛い赤ちゃんを楽しみに待っていますからね」

玄関まで見送り、姿が見えなくなると大きなため息をついた。

晴臣さんを産んでくれた人だから、彼女には感謝だし慕いたい。

しかし、心理的ストレスになってしまって、胃の辺りがキリキリと痛んだ。

私たち夫婦は夕食を終えた後、晩酌するのが定番だ。

「雪華、日本酒をいただいたから一緒に呑もう」

思わず頷きそうになってしまったが、義母にアルコールを控えるように言われていたことを思い出す。

「今日は遠慮しておきます」

「……体調でも悪いのか？」

心配そうな瞳を向けられ頭を左右に振る。

「呑まない日があってもいいかなって」

嘘をつくのは心苦しい。

「らしくないな。酒が大好きなはずだろう？　それとも俺の晩酌に付き合いたくないとか？」

「何かおつまみを用意しますね」

私は話をそらすようにキッチンへと向かった。

本醸造酒だったはずなのでスッキリした味わいだろう。どんな料理にも合わせやすいが、特に蕎麦とか冷奴《ひややっこ》とかが合うのだ。小さめの豆腐があったのでネギを刻んで生姜《しょうが》をすりおろし皿に乗せる。軽く醤油《しょうゆ》をかけて完成。

夕食を食べた後なのにこのおつまみと日本酒が呑みたくてたまらない。唾をごくりと飲んでしまった。

「どうぞ」

晴臣さんに出すと彼は不思議そうな表情をこちらに向けてきた。

「今日、母が来たそうだな。何か言われたのか？」

「いえ。美味しいフルーツ大福を持ってきてくださいました。召し上がりますか？」

「……いらない」

夫は少々機嫌が悪そうな表情をして、一人で日本酒に口をつけた。

突然課せられた禁酒に私は残念だなと見つめていた。

◆

仕事にもだんだんと慣れてきた。

松岡さんと一緒にいることが多く、さすがアイディアがすごいなと感心することが多い。でもドキドキするような気持ちはなく、私はやっぱり晴臣さんに強く惹かれているのだと自覚していた。

ちゃんと私も恋をしていると伝えたいけれど、いざ口にしようとすると恥ずかしくて言えなくなってしまう。

至近距離で見つめられて顔が近づいてきて口づけする瞬間、幸せすぎて胸が苦しくなる。跡取りとか関係なく彼の子供を産みたいと強く思うようになっていた。

ドリンクを買いに休憩スペースにいき、どれにしようか悩んでいると松岡さんがやってきた。

「お疲れ」

「お疲れ様です」

「そうだ。今度夕食食べに行こうよ。前の会社の話もしたいし……。あ、でも、奥様を誘ってもいいのかな？」

夫は仕事や接待で不在が多い。やましい気持ちもないし、夫が不在のときには行っても問題はないだろう。人との付き合いも大切だと言ってくれていたし……。

「タイミングが合えば、ぜひ」

それから三日後、接待で遅くなるという話を聞いたので、松岡さんと一緒に食事に行くことにした。

連れてきてくれたのは、スタイリッシュなイタリアン居酒屋。窓側の席に案内されて、向かい合って腰をかける。

「ビールにする？」

頷きそうになったが、体のためにも控えているのだった。最近は夫の晩酌もいつも断っている。でも付き合いが悪いと思わせてしまうのは申し訳ないので、呑むことにした。

「そうします」

料理とビールを注文した。他愛ない会話をしているとすぐにビールを持ってきてくれた。

「乾杯」

グラスをぶつけて口に流し込む。

イタリア風グリーンサラダが運ばれてきて、取り分けて渡す。

「サンキュー」

唐揚げやマリネなどもテーブルに置かれた。

私たちは過去に働いていた会社の話で盛り上がり、気がつけばジョッキで三杯も呑んでしまった。

匂いで飲酒したことがわかると思うけど、夫には正直に伝えるつもりでいるので後ろめたい気持ちはない。

「新婚生活は楽しい？」

テーブルに肘をついて手のひらで顎を支えながら質問される。少々流し目でハンサムなので胸がキュンとしてしまう女性もいるだろう。しかし、私の心には晴臣さんが住み着いている。

好きだという気持ちで胸がいっぱいになってあふれてしまいそうだ。この気持ちを一日も早く伝えたくて、タイミングを見計らっているがなかなか言えない。

今日にでも伝えたいと思っているけれど、接待で遅くなって疲れている彼の様子を見てからにしないと。思わず頬が緩んでしまった。

「楽しいですよ」

「へぇーいいな。結婚したくなってきた」

呑み終えて外へ出た。時計を見ると二十一時を回ったところである。今日は込み入った話があるらしく遅くなると言っていた。早く夫に会いたい。

自宅に戻ってくると晴臣さんはまだ帰宅していなくて、私はシャワーを浴びて一日の汗を流した。

久しぶりのアルコールの味は美味しかった。本当は晴臣さんとゆっくり呑みたい。

パジャマに着替えてリビングで待っているが彼はまだ戻ってこない。帰ってくるまで起きていようと思ったけれど、瞼が重くなってそのまま気がつけば私は眠りの世界に入っていた。


目が覚めると私はベッドの上にいた。

(晴臣さんが運んでくれたのかな)

リビングに行くと彼はスーツに着替えてパソコンに向かって忙しそうにしている。

「おはようございます」

「こんなときに申し訳ないが、急遽上海《シャンハイ》に行くことになった」

「え?」

「その後はシンガポールにも行ってこなければいけない」

突然彼がいなくなってしまう寂しさで胸が支配される。しかし自分の気持ちを伝えている場合ではない。

仕事で行くのだから、快く送り出さなければ……。

「気をつけて行ってきてください」

なるべく笑顔を作ると、彼はこちらを向いて目を細める。

「俺の晩酌には付き合えないが、他の男とは酒を呑むんだな」

何を言っているかわからなくて、キョトンとしてしまったが、昨日の夜、私はアルコール臭かったのかもしれない。

「二人でいるところを見たんだ」

悪気があったわけじゃないのに、悪いことをしてしまった気持ちになった。

彼は立ち上がって近づいてきて私のことを抱きしめる。

「俺の妻だということを忘れないでくれ」

体中に彼の愛情が染み込んでくる気がして泣きそうになった。抱きしめたまま彼は話を続ける。

「いつでも遠慮なく連絡くれていいから。出られないときは必ず折り返す」

「はい……いってらっしゃい」

スーツケースを転がして夫は出張に出た。

◆

晴臣さんが海外出張して二週間が過ぎた。

一人になったら寂しくてたまらないかと思っていたけれど、毎日のようにメッセージを送ってくれるから、ずっと傍《そば》にいてくれているような気がする。

帰ってきたら、気持ちを伝えよう。誤解させてしまったこともあるし、そこはちゃんと謝りたい。

あなたのことがとても好きになっていた……と言ったらどんな顔するのだろう。

私を好きだと言ってくれて、私も愛せる人と出会えてそして結婚することができた。

順序は少し違ったが、幸せな気持ちで胸がいっぱいになる。

晴臣さんのことを考えると早く会いたくなった。今頃シンガポールで仕事に励んでいるに違いない。

来週には帰国する予定になっている。いよいよ戻ってくるのだと思うと楽しみで浮き足立つような気持ちだった。

結婚式の準備はほとんど晴臣さんのご両親がやってくれ、私が大変なことはない。

宇佐川家の嫁として、お披露目を兼ねての結婚式だ。なので私の友人や知人は呼んでいない。落ち着いたらレストランなどでウェディングパーティーができたらいいなと思っている。

ランチを終えて部署に戻ってパソコンのセキュリティ解除をする。

パートタイマーとしての仕事は順調に進んでいた。

まだ子供もいないし、仕事もせずに、夫が不在だったら、きっと参っていたかもしれない。晴臣さんが、私の性格をよく理解してくれることに感謝で胸がいっぱいだった。

私はデザイン部のみなさんと仕事をしながら、自分の培《つちか》ってきた知識を活かして意見を言う。

「もう少し暖色系の色を使ったほうが、ペルソナに合っていると思います」

「そうだな。雪華さんの意見を取り入れるべきだ」

松岡さんが賛同してくれる。私の意見を他のメンバーも尊重し、話がだんだんとまとまってきた。路線が決まっていけばデザインに移っていける。

それぞれ個性的な人が集まっているのでなかなかまとまらなかったが、心が一つになった瞬間を感じていた。

一日の仕事が終わりパソコンの電源を落とす。

松岡さんが近づいてきて話しかけてきた。

「意見を出してくれてありがとう」

「いえ、お役に立てているかどうかわかりませんけど……」

「すごい成長したなって」

自分のレベルでは到底追いつかないが、先輩に褒められて無常の喜びを覚えた。

「そう言っていただけるとありがたいです」

「もう少し仕事の話をしたいなと。今夜空いてる？」

夫が出張中なので私は一人だ。予定は入っていないが、この前、二人で呑んでいるところを偶然にも見られてしまい嫌な思いをさせてしまった。弁解もできずに彼は海外へと行っている。

少しだけ後ろめたくなったが、変な気持ちで行くわけじゃないのでいいだろう。

「わかりました」

でも今日は、アルコールを口にしないでおこうと心に決める。仕事の話をするのにお酒を呑む必要はない。もっと言えば仕事の話なら会社内でしてほしいとすら思ってしまう。

二人でエレベーターを降りてビルの外に出る。

「日本酒呑みたくない？」

ついつい彼のペースに乗せられそうになるが、私は頭を横に振る。

「仕事の話なので、今日は、お酒は呑みません」

「付き合いが悪いな」

「ちょっと体調が……」

「そっか」

早く信号が変わらないかなと立っていると、目の前に一台の高級車両が停車した。なんだろうと思ってぼんやり見つめていると、そこから降りてきたのはなんと晴臣さんだ。

「えっ！　ど、どうして」

来週の頭に帰ってくる予定の彼が目の前にいるなんて、会いたすぎて妄想でも見ているのか？

「副社長、お疲れ様です」

さすがの松岡さんも驚いているようだ。彼が近づいてきて私たちを見下ろす。

「何をしているんだ」

「これから仕事の話を兼ねて、食事をしてから帰ろうと思ったんです」

悪気がないような表情で松岡さんが飄々《ひょうひょう》と答える。

「業務に関することは社内でやってくれ」

「そ、そうですよね」

副社長である晴臣さんの威厳がある姿に、松岡さんは少し驚いているようだった。

晴臣さんは私の手首をつかんで自分のほうに引き寄せた。

「じゃあ、帰るぞ」

「は、はい」

松岡さんは、唖然としている。

そのまま私は車の後部座席に乗せられて、ドアが閉められた。運転手が車を発車させる。

「晴臣さん、来週帰ってくる予定ではなかったですか?」

「だから他の男と夕食を摂りに行こうとでも思っていたのか?」

かなり不機嫌な様子で咎められるように言われた。

「違います」

私と松岡さんの関係を疑った状態で出張した。その誤解を解けないまま今この場面を見てしまったら、疑いたくなるのも仕方がない。

「雪華に会いたくて仕事を頑張ったんだ」

忙しい仕事を早く切り上げて、妻のために戻ってきてくれた。そんな彼の優しさが胸に染み渡って泣きそうになる。

瞳に涙が溜まるがここで泣いたら驚かせてしまうので、グッと堪えた。

「ありがとうございます。私のために早く帰ってきてくれたのね」

以前敬語を使うのが嫌だと言っていたので、あえて言葉を崩してみた。彼は驚いたようにこちらを見ている。

「会える日を楽しみにしていたの」

「雪華……」

「お部屋に帰ったら、話したいことがあるから聞いてね」

「あぁ」

二人きりになってしっかりと私は気持ちを伝えようと心に決めた。

家に戻ってくるとソファーに並んで腰を下ろした。この広い空間に彼がいてくれるというだけで、私の心が満たされていくことがわかる。

いつも連絡をくれて寂しい思いはさせないようにしてくれたけれど、やっぱりこうして傍で過ごすのが一番だ。

しかし隣にいる彼は神妙な表情を浮かべている。

「いろいろ勘違いさせてしまってごめんなさい。晴臣さんと晩酌をするのが嫌なわけじゃなくて、ご指摘いただいて……」

「母か？」

私は静かに頷く。

「私の体のことを思って言ってくれているから、そうだなと。松岡さんは会社の先輩として食事にお付き合いしなきゃいけないからあの日はアルコールを断ったらいけないような気がして呑んだの」

「男性として彼は雪華に好意を持っているように見えるが」

私は頭を左右に振って強く否定する。

「尊敬していた先輩なだけだよ」

私の目をじっと見つめてくるので、目を逸らすことなく頷いた。

「わかった。信じることにする」

「ありがとう」

彼は安堵した表情を浮かべているが私の心臓はまだまだドキドキしている。これから本当の気持ちを伝えようとしているからだ。

「でも妊娠するまでは普通にアルコールを呑んでいてもいいんじゃないか？」

「え？」

「我慢するほうが体によくない」

彼は立ち上がってキッチンへ向かった。何かアルコールを持って来るつもりでいるのかもしれない。お酒を呑んだ状態で告白しても信じてもらえないと思うので、私は慌てて立ち上がり追いかけた。

「まだ話をしたいことがあるの」

彼は振り返って私を長い腕で抱きしめる。

「久しぶりに会えたんだ。今日は何も聞きたくない」

何か勘違いしているようだ。

私は自分の気持ちを知ってほしくて腕を振りほどいた。

「好き。私、晴臣さんのことが好き」

「……雪華」

「……あなたのことを思うと胸が温かくなって。この先の人生もずっと一緒にいたいと思うようになったの。これは恋心だよね」

自分の気持ちを伝えることがこんなにも恥ずかしいものとは思わなかった。おそるおそる彼の瞳を見ると慈愛に満ちた顔をしている。

「ありがとう。離れたいと言われるのかと」

晴臣さんは私の両頬を挟んで、だんだんと顔を近づけてきた。

そのまま唇が重なる。

私のことを離したくないと言ったような感じで、思いっきり抱きしめてくれる。

何度も唇を重ねる。

様々な角度から、甘くて……没頭してしまう口づけ。

彼の形のいい唇が首筋に降りてきて、チュッと吸い付かれる。

「くすぐったい……」

「会えない間、ずっとこうしたかったんだ」

熱い眼差しに、溶かされてしまいそうになる。

「私も、晴臣さんのことが恋しかった」

そのまま私たちは寝室へ向かった。


次の日。

目が覚めたとき、生まれたままの姿で抱きしめあって眠っていた。

愛する人と朝を迎えられる幸せに私はまどろむ。

「雪華」

私のことを愛《いと》おしそうな声で呼んでくれる。胸の奥に火が灯ったような感じがして体中が一気に熱を帯びていた。

第六章　戸惑いながら

最近私はあまり調子がよくない。

新居を建てることになっていて、設計の打ち合わせで少しだけ忙しい日々を送っていた。晴臣さんのお父様が都内の一等地に土地を持っていて、そこに建てさせてもらうことになった。

仕事はやりたいことだし、新居の設計の打ち合わせは未来に向かって楽しいことなので、自分の中では負担になっていなかったけれど、少し無理をしすぎていたのかもしれない。

私の実家は酒造で敷地面積が広くて大きい家だった。しかし、晴臣さんの生きてきた世界とは全然違う。家のデザインも豪華で、私が住んでいいのかと動揺してしまうほどだ。

『すべて任せる』と言われ……。

なるべく予算を抑えたいなと思いながら意見を言っていたが、晴臣さんは遠慮するなと言う。

私は副社長夫人となってしまったことに戸惑いを覚えていた。やはり贅沢《ぜいたく》というのが慣れないのだ。大切なお金だからどうしても節約したい。

しかし、晴臣さんと姑《しゅうとめ》に押されて、結局建築士さんには最高級の素材と部品を使っての依頼となってしまった。

立派な庭付きで、子供が大きくなったらサッカーとか野球をして遊べるぐらいの広さがあり、屋上テラスには温水プールが作られる予定だ。

そこでは、バーベキューをすることができて、都会の一等地にあるのに窮屈ではないデザインとなっている。

家族が集まるリビングには特にこだわっていて、光が入ってくる爽やかな作りだ。

来月から着工し、来年の二月頃には完成して住めるはず。

新居が完成したら庭のテラスに友人を呼んでパーティーをするのもいい。

工事がはじまったら、現場に足を運んで、飲み物など差し入れしてこようと考えているところだった。

パソコンに向かって仕事をする。ランチタイムはほとんどご飯を食べることができなかった。今日は早めに就寝しようと思いながら、社内連絡を見る。

秋の商品パッケージが完成しこれからコマーシャル撮影をするそうだ。なんとイメージキャラクターは、倉敷真里《くらしきまり》だった。

デビュー作の主演映画が大ヒット。その後、数々のドラマに出演し、可愛らしい役から狂気的な姿まで演じることができる大女優だ。

そんなすごい人を起用することができるなんて、大きな会社なのだと改めて実感する。テレビで流れる日が楽しみだ。

「うっ」

ものすごい吐き気に襲われて私は立ち上がった。

「大丈夫?」

松岡さんがこちらに視線を向ける。

「ちょっと体調が悪くて……。お手洗いに行ってきます」

急いでトイレに駆け込む。戻さなかったけど、車酔いをしているような変な感じがした。

(風邪でもひいたかな?)

なんだか体調がおかしいなと思っていると、女子社員が入ってきて話をしだす。遅番の人だろう。

遅めのランチを終え、きっとゴシップを話しながら化粧でも直しているのだろう。

吐き気が少し収まったので、外に出ようとドアノブに手をかけた。

「今度の新ＣＭのイメージキャラクターって、元カノらしいよ」

「倉敷真里だよね？　え、誰の？」

聞いてはいけないような気がしたけど、私は息を潜めてしまった。

「副社長の」

「えー！　だってこの前、電撃結婚したばっかりじゃん」

「ここだけの話なんだけど、倉敷真里って副社長と大学が同じで恋人関係だったっていう噂だよ。広報に同期がいてさぁ教えてくれたの。副社長の力で出演が決まったんだって」

過去に一人だけ付き合っていた女性がいると話してくれたことがある。

その相手がまさか大女優だったとは思わず、到底自分では敵《かな》わないと重たい気持ちに支配された。

「今の奥さんにはきっと愛情がないと思うよ。デザインチームで働いているみたいだけど、普通の女の人だったし」

「前の会社でデザイン部だったんでしょう？」

「ノウハウを伝授してる的な？」

「彼女の実家がうちの会社の傘下に入ったって話だよね。いわゆる政略結婚？」

「絶対そうだよ。ドラマみたいだよねー」

「可哀想に」

二人がいなくなったことを確認して、トイレから出た。

他の人が噂をすることをいちいち気にしてはいられない。副社長の妻になるということはそういうことなのだ。

それに、今は本当に愛してくれている。そう自分を鼓舞していたが、元彼女とのつながりがあると聞いて陰鬱になっていた。

休憩室で水を購入する。いつも甘いものを好むのに今日は飲みたいとは思わなかった。なんだか熱っぽい感じもする。無理しないほうがいい。

（……晴臣さん、本当に私と結婚して後悔してない？）

心の中で何度もその言葉を唱える。

ストレートに質問してもいいのかと悩むが、過去のことを聞かれて嫌な思いをさせてしまうのは避けたかった。

このまま流れに身をまかせていくしかない。

晴臣さんと一緒に朝食を摂っていたが、ほとんど手をつけることができず、残してしまう。

元恋人がコマーシャルのキャラクターに選ばれたと知って、ショックを受けてしまったのかもしれない。

(過去のことを気にしても仕方がないよね。考えないようにしよう)

そう言い聞かせるが、ついつい気がつけば同じことを頭の中でリピートしてしまう。

まだつながりがあるということは、もしかしたら、晴臣さんは心のどこかで彼女のことを思っているのかもしれない。

◆

「ごちそうさま」

「雪華、どうした？　体調が悪いのか？」

「胸焼けがして……熱っぽいの」

「風邪を引いた可能性がある。今日は無理しないで病院に行ったほうがいい。俺がこれから病院に連れていく」

「大丈夫！　副社長のあなたが急に予定を変えたら大変なことになるでしょう？」

それでも心配そうな表情を浮かべるから私は笑顔を向けた。

「もし風邪だったら職場のみなさんに迷惑をかけてしまうから、今日は休んで病院に行ってくるね」

「そうするといい。何かあったらすぐに連絡してくれ」

「ありがとう」

晴臣さんは優しい。政略結婚だったけど、今は心から愛し合えて夫婦として進んでいると思う。

私は立ち上がりお皿を手に持ち、キッチンへ移動した。食洗機に入れる前に軽く食器を洗い流す。そのとき、今月に入ってから生理が来ていないことに気がついた。

（……もしかして妊娠した？）

週に何回かは体を重ねているから、子供ができていても不思議ではない。しかし、ちゃんと結果が出るまでは言わないでいよう。

晴臣さんを見送り、職場に連絡を入れてドラッグストアへと出かけた。

もしかしたら胃腸炎の可能性もあるけれど、内科に行く前に調べておきたかったのだ。

緊張しながら妊娠検査薬を購入し、ドラッグストアのお手洗いで検査をする。するとくっきりと線が浮かび上がったのだ。

妊娠している可能性がある。愛する人の子供が自分のお腹の中に宿っているのだと思うと喜びが湧き上がってきた。

産婦人科に行こうと思ったけれど、勝手に決めるのはよくない。

今日は体調が悪いので自宅で休ませてもらい、晴臣さんが家に帰ってきたら相談してみよう。


「……華、雪華」

名前を呼ばれた気がして目を開けると、浮かない面持ちで私を覗き込んでいる晴臣さんがいた。

ドラッグストアから戻ってきて家事を少し済ませてソファーで眠っていたところ、そのままぐっすり眠っていたようだ。

「ちゃんと病院には行ったのか？　メールを入れたけど返事がなかったから心配していた」

「すみません。病院にはまだ行っていないの」

「なんだって？　体調が悪くて一人で行くことができなかったのか？」

　重苦しいを声で聞かれたのでソファーから起き上がり、説明することにした。

「驚かないで聞いてね。実は月のものが来ていなくて。ドラッグストアで妊娠検査薬を買って調べたら、陽性だったの」

　いつも表情をあまり動かさない彼が、眉毛を思いっきり上げて固まっている。

「病院に行こうと思ったんだけど、勝手に病院を決めるのはよくないかなって……わっ」

　長い腕が伸びてきて抱きしめられた。まるで彼の心臓の音がドキドキと聞こえるような気がして、私の胸も高鳴っていく。

「本当か？　俺たちの子供がここにいるのか？」

「まだはっきりしたことがわからないんだけど、ちゃんと病院に行ってみたい」

「わかった。母が前に通っていた病院があるから聞いてみることにしよう」

　病院名を聞いてみると人気の場所だった。古くからやっているらしく、晴臣さんもそこで生まれたらしい。

　そんなところなかなか予約ができないと思っていたが、姑の知り合いが院長をしているそうで、別ルートで電話をしてすぐに予約をすることができた。

「ぬか喜びをさせてしまったら悪いから、まずは俺たちだけで行こう」

「私一人で行けるよ」

「はじめてのことだ。病院に一人で行くのは不安だろう？」

慈しむような瞳を向けて、私の頬を指の関節で撫でてくる。

何度断っても一緒に行くと言われ、次の金曜日に通院することになった。

病院は産婦人科専門で、まるでホテルのような美しいロビーだった。晴臣さんは忙しい予定を変更してついてきてくれた。

毎回は合わせることはできないが、私に心を砕いてくれている。その気持ちだけでも、背中に羽が生えて飛んでいきそうな気分だった。

診察室に通されて中にいたのは、年配でしっかりとした雰囲気のある女医さんだった。

胸にあるネームプレートには、院長と書かれている。まさか院長自ら診察してくれるとは思わなかった。

「晴臣さん、お久しぶりね。立派になられて。小さい頃にお会いしたことがあるのよ。覚えてますか？」

「ええ、その節は可愛がってくださりありがとうございました」

緊張していたがほのぼのとした空気感を作り出してくれて、呼吸がしやすくなる。

妊娠している可能性があると伝えると、尿検査をしてくるように言われ、廊下で結果を待っていた。

赤ちゃんができていてほしいと心から思いながら膝の上で手をぎゅっとつかんでいると、大きな手のひらで握ってくれた。

私の隣に顔をゆっくり動かせば、慈愛に満ちた瞳を向けてくれていた。

「緊張するね」

「どんな結果でも受け止めるさ。だけど子供ができていてくれたら、こんなにも嬉しいことはないだろうな」

政略結婚で夫婦になった当初は、こんなに幸せな日々がやってくるなんて想像もしていなかった。

これから私たちはもっと家族として愛情を深めていくに違いない。そう思ったとき、名前が呼ばれ診察室に入っていく。

「では、お腹のエコーも診させてもらいます」

診察台に横になると、ひんやりとしたジェルが塗られた。ドクターは何度も撮影をして何かを測っているように見えた。

「おめでとうございます。十二週目です」

「ありがとうございます」

私よりも先に晴臣さんが返事をしたのでびっくりした。

「こちらは誰にでも聞いてることなんですが一応質問させてくださいね。ご出産はされますか？」

「はい」

頷いてから横に座っている夫に視線を動かした。晴臣さんは喜びをかみしめているみたいだ。

「出産予定日はいつ頃になりますか？」

「一月末頃には生まれると思いますよ」

「そうですか。今から楽しみで仕方がありません」

「順調に育っていくように願いましょうね」

母子手帳をもらう方法を教えてもらい、次の予約を入れて診察室を出る。

彼は嬉しそうにしながら私の手をぎゅっと握ってくれた。

「雪華、ありがとう」

「こちらこそありがとう。私たち親になるんだね」

「あぁ」

頭に両親の姿を思い浮かべる。きっと天国にいる父も喜んでくれているに違いない。

「無理はしないほうがいい」

「せっかく仕事が楽しくなってきたところだったのに……」

子供が生まれてくるのはすごく喜ばしいことだが、また仕事が中途半端になってしまうと悲しい気持ちになった。彼は私の頭に手を乗せて話しかけてくる。

「今は子供のことを優先してほしい。もし子供が大きくなってまた働きたいと思えば働けるようにするから」

まだお腹は全然目立っていないが、つわりがひどい人もいると聞いたこともある。そのときになって迷惑をかけたらいけないので、なるべく早く伝えたほうがいいだろう。

休職……それか、退職を早急に決めなければいけない。

子供ができるまでとの約束で働いていたので、仕事を辞めなければいけないのは仕方がないが、残念な気持ちがある。私は働くのが好きなのだ。

会計を済ませた私たちは、駐車場に戻り運転手が待つ車に乗り込んだ。晴臣さんは行き先の指示を出す。

「俺を会社に降ろしたら、彼女を自宅に送り届けてくれ」

「かしこまりました」

運転手が返事をした。晴臣さんの瞳がこちらに向く。

「このことは、俺から話しておくから」

「ありがとう」

今日はこれで会社に戻っても中途半端になってしまうので、自宅でしっかりと休むことにした。

◆

私の妊娠については安定期に入っていないため、部署内の人だけに伝えるよう晴臣さんが言ってくれたらしい。

「赤ちゃんができたのですね。おめでとうございます。辛かったら無理をしないでください」

川田さんは出産して仕事に復帰してるので、気持ちをわかってくれるようだ。

「ありがとうございます」

「遠慮しないで何でも言ってください」

こういう女性がいると心強い。

「ついつい無理してしまいがちですが、お腹に大切な命が宿っているので、何よりも優先して自分の身と子供を守ってあげてくださいね」

「はい。ありがとうございます」

妊娠したことでみなさん私に気を遣ってくれ、逆に申し訳ない。

仕事を終えて自宅に戻ってきた。今日は家政婦さんが作り置きしてくれている料理があり、温めて食べればいいだけになっている。

晴臣さんの両親には伝えてあるが、私の母にはまだ伝えていないので連絡することにした。

スマートフォンを手にして実家に電話をかけると母がすぐに出た。

「お母さん今大丈夫」

『大丈夫。何かあった？』

母の声を聞くと安心してほっとした。母親はすごい力を持っていると思う。そんな母親に自分もなるものと思うとまだ実感がわかない。

「実は妊娠したの」

『おめでとう。困っていることとかない？』

「大丈夫！　無理しないようにしようと思ってるよ」

『お母さんになるのね。元気な赤ちゃんを産むのよ』

「うん」

電話を切って私はソファーに横になった。まだ実感は湧かないけれど母親になるのだ。

体が少しだるいけどまだまだ大丈夫そう。夫が帰ってきたら一緒に食事をしようと少し休んでいることにした。

眠っていると晴臣さんが帰ってきた。頭を撫でられている気がして瞳を開くと優しい瞳でこちらを見つめていた。

「おかえり」

「気持ちよさそうに寝ていたから起こすのが可哀想だった」

「すぐに食事を温めるね」

立ち上がろうとする私の肩をそっとつかんだ。

「俺が準備するからゆっくり横になってて」

「大丈夫」

「大事な体なんだから、俺にできることはやらせてほしい」

そう言って私の頬にキスをして、腕まくりをしながらキッチンへ行った。でもやっぱり任せるのは申し訳ない気がして、私も隣に立つ。

「無理しなくていいって言っただろ」

「隣で一緒に準備したいの」

自分でも驚くような甘いセリフが口をついて出てきたので恥ずかしくなった。

元恋人の話はまだ聞けていないしスッキリとしていないけれど、今が幸せならそれでいい。

過去の恋愛のことを聞いて悲しくなるのは目に見えている。それならこのままでいい。

私は自分の心にあるモヤモヤとした気持ちを押しつぶすようにして、笑顔を作っていた。

◆

嬉しいことと煩わしいことは、同時にやってくる。

誰かがそんな話をしていたことを思い出しながら、俺は副社長室のデスクについていた。

嬉しいことはもちろん雪華が身ごもったことだ。こんな俺を父親にしてくれるとはありがたくて、これからも一生大事にしていきたいと仕事に力が入る。

ところが、新しいコマーシャルにあいつが起用されたことになったのは想定外だった。

金輪際関わりたくなかったが広報部の強い希望もあり、仕事として割り切って依頼することにしたのだ。

倉敷真里。彼女は俺の恋愛観に暗い影を作った張本人。

あんなに辛いなら、もう誰とも恋愛なんてしたくないと思っていた。ところが雪華に出会って政略結婚という形だったが、愛する人に巡り会えた。

今は本当に妻のことが大切だし、生まれてくる子供と一緒に朗らかな家庭を築いていきたい。子供が女の子でも男の子でもどちらでもいい。ただ元気に産まれてきてくれたら、それで構わない。

仕事が忙しいのもあって新婚旅行らしいこともしていなかったので、子供が大きくなったらいろいろなところに行きたい。

幸せな気持ちに包まれているとスマートフォンにメッセージが入った。

『近いうちに食事しない？』

メッセージの相手は真里からだ。

昔付き合っていた女性と食事なんてしたくないというのが本心だが、仕事を依頼した立場では断ることはできない。

『お誘いありがとうございます。秘書を連れて是非』

ビジネス的な返事をしてデスクにスマホを置くとすぐに返事がある。

『二人きりで会いたい。込み入った話もあるから』

そう言って彼女が都合のいい日を一方的に送りつけてきた。

昔から自由奔放な性格は変わっていないようだ。

過去はそこに惹かれたのだが、雪華の奥ゆかしさを知ってしまった今何の魅力も感じない。

会いたくない気持ちはあったが仕方がなく、会えると約束を入れておいた。

しばらくして秘書が入室してきた。

「お疲れ様です」

「ああ」

「ご予定が入っているようでしたが……」

「食事に誘われたんだ」

息を呑む感じがしたので、村瀬の顔を見ると眉毛をピクピク動かしている。

「元彼女と二人きりで？」

急に友人モードになるので、咳払《せきばら》いをした。

「相手が指示してきた。俺はあくまでもビジネスの相手として会う」

「なるほど。何かこちらで準備することがあればなんなりと言ってください」

「わかった」

それから一週間後。

今日の夜、真里に会う約束をしていた。その当日を迎えたが、雪華はかなり体調悪そうにしている。

「大丈夫か？」

「つわりがひどいみたい……」

顔色を真っ青にして何も食事を摂れず具合が悪そうだ。気がかりでならない。早く帰ってきて、傍にいてやるのが一番だと思ったが、今日はどうしても真里と会って話をしなければいけない。

「今日は接待なんだ。なるべく早く帰ってくるから」

「うん」

ソファーに横になって立ち上がることもできないようだ。時間まで彼女の隣に座って背中を擦っていることしかできなかった。

「休んだほうがいい」

「でも……」

病気じゃないのに仕事を休むのは申し訳ないと思っているようだ。

俺としては、無理をさせたくないのが本音。

休職か退職を一日も早く受け入れてもらいたいが、雪華は決めかねているみたいだった。仕事と家庭を両立させることは、難しいテーマだ。

「今一番大切なのは、雪華とお腹の子供だろう？」

諭すように伝えると納得したように頷いてくれた。

後ろ髪引かれる思いで出勤する。朝から会議や交渉など仕事が盛りだくさんだった。

夕方、雪華に電話をかける。

「大丈夫か？　何か食事をすることはできたか」

『心配しないで。仕事に集中して』

これから俺は接待に向かうのだが、気になって仕方がないので村瀬に様子を見に行ってもらうことにしようと考える。

「食べられそうなものはないか？」

『そうだなぁ……。りんごのゼリーなら食べられるかも』

「わかった。何かあったらすぐに連絡くれ」

『忙しいのに。ありがとう』

「当たり前だ。……愛しているんだから」

自分の口からこんなに恥ずかしい言葉が出てくると思わず、耳が熱くなる。きっと対面していたら赤くなっていると指摘されたに違いない。

電話を切り、退出の準備をしていると村瀬が入ってきた。

「妻の体調が悪いんだ。帰るのが遅くなってしまうから、りんごゼリーと飲みやすそうなものを購入して家に寄ってから帰ってもらえないか」

「かしこまりました」

礼儀正しく頭を下げてから俺の顔をじっと見つめてくる。

「愛妻家だな」

「からかうな」

「真里と会うのは何年ぶりだ？　積もる話もあるだろうからゆっくりしてこい。奥様のことはしっかりと様子を見てくるから」

「悪いな」

村瀬は副社長室を出ていった。早く帰れないが状態を確認してきてもらえるから安心だ。そして俺も副社長室を後にした。

真里に指定されたのは、芸能人ご用達《ようたし》という中華レストランだった。すべての部屋は個室になっていて外部に話が漏れることはない。名前を告げると、すぐに案内され奥の部屋へと案内される。

二人きりで会うのは大学卒業以来だ。嫌なことを思い出してしまうが、あくまでも今日は仕事なのだと割り切って付き合うことにしよう。

「こちらでございます」

「ありがとうございます」

中に入ると、真里はまだ来ていなかった。待たせるなんていい根性をしている。しかし相手は大切なビジネスパートナーなのだから失礼な対応はしてはいけない。

村瀬は様子を見に行っただろうか。気になってスマホを確認するが何の連絡も入っていなかった。おそらく問題なく家で過ごしているはずだ。帰ったら体を労《ねぎら》ってやろう。

愛する雪華との赤ん坊が生まれてくることが今から楽しみで仕方がない。妻にバレないように、こっそりと父親になる勉強もしている。

妊娠中の彼女の辛さを共有してやり、子供が生まれてからも積極的に育児を手伝おうと考えていた。そんな幸せな未来を想像すると顔が緩んでしまう。

扉がスライドされ視線を向けると、背が高くてストレートヘアをサラリと揺らしながら、目鼻立ちがハッキリとしている超絶美人な女性が入ってきた。

「はるくん、久しぶり」

「お久しぶりです」

立ち上がって頭を下げ、顔をゆっくり上げるとすっかり芸能人になってしまった元恋人の姿が目に映った。

嫌な記憶に蓋をしようとテレビを見ないようにしても、街中の広告に起用されていたり、ラジオから声が流れてきたり、本屋に行っても雑誌の表紙として写っていることがあってしばらくの間、忘れることができなかった。

「この度はお忙しい中、お食事に誘っていただきありがとうございました」

手土産のワインを渡す。

「ありがとう。はるくんからのプレゼント？　高級そうじゃない？　美味しそう」

俺たちは何年も会っていなかったのに、ラフな口調で話しかけてくる。

「会社としてお礼の品でございます」

彼女のペースに流されないと決めてきた俺だったが、満面の笑みを向けられた。

「ありがとう。今日は美味しいお酒をゆっくり呑もうね」

手を伸ばしてきて俺を椅子に座らせ、彼女が目の前に座った。

「中華だしやっぱり紹興酒でいい？」

「今日は早く帰らなければいけないので、ノンアルコールで」

「何を言ってるの。アルコールメーカーの御曹司でしょ？　適当に料理を注文するわね」

明るくて言いたいことをはっきり言えて、そういう彼女を見て自立している女性だと思っていた。

服のセンスもいいし容姿端麗だ。よく気がついていい女だと思っていたが、ただのあざとい女だった。

「急に事務所に連絡を入れて申し訳なかったです」

「大きな仕事が入ってきたんだから事務所も喜んでいたの。直接電話くれればよかったのに」

「残念ながらもう電話番号を消している」

彼女は楽しそうに笑ってこちらをじっと見つめてきた。

タイミングよくドリンクが運ばれてきたので目をそらす。

バンバンジーと海老のチリソース、酢豚、イカのXO醤《エックスオージャン》ソース炒《いた》めなどが運ばれてきて円卓に置かれる。

取り分けて差し出す。結婚してからこういうことが普通にできるようになったのだ。

「はるくんが取り分けてくれるなんて、まるでお姫様になった気分」

「仕事で来ているので、はるくんという呼び方はやめていただけませんか？」

「私は仕事で来てると思ってないわ」

綺麗にルージュが引かれた唇をクイッと上げる。

女優として芸能界の第一線で歩いている彼女は、昔とは違った輝きのオーラを放っている。

肌ツヤもいいし髪の毛も一流のエステサロンに通っているのかツヤツヤとしていた。メイクもしっかりとされていて、作り物の人形のように美しい。

「新商品のイメージにうちの社員がぴったりだと言っていたので、コマーシャルの完成を楽しみにしています」

「そんなに冷たくしないで……。久しぶりにこうして会えて嬉しいんだから」

寂しそうな顔をしてグラスを口につけた。彼女の本性を知らなければ誰もが恋に落ちてしまいそうな程美しい容姿をしている。

「副社長として、順調そうだね」

「あぁ、ありがたくも忙しくさせてもらっている。そちらの活躍もすごいな」

「私のこと見ていてくれたの？」

見たくて見ていた訳じゃなくて、たまたま目が入ってしまうところにいたというほうが正しいが、傷つくことを言って機嫌を損ねられても困るので、曖昧に笑ってグラスに口をつけた。

「結婚したんだってね。しかも、そこのお嬢さんの実家の酒造を傘下に入れたって聞いたんだけど、私、日本酒きらーい」

「はぁ……」

「政略結婚でもしたの？」

「いや、俺が惚《ほ》れた」

先ほどまで笑顔だった彼女が急にムスッとした。真里は料理を一口食べて箸を置いてしまう。そこに店員が次の料理を運ぶため入ってきた。

「なんか今日の料理、油っぽくて美味しくない」

店の人間に聞こえるかのように平気でそんなことを言う。

「そうか？　俺は美味しいと思うが」

「副社長クラスのあなたなのに、舌のレベルが落ちてしまったのかしら？　残念ね。庶民と結婚したからじゃないの？」

嫌味《いやみ》っぽい性格は昔から変わっていないのだ。機嫌が悪くなるとすぐに何かに当たる性格で浪費家だった。

デートのとき男が全て金を出すものだと思っていたから、深く考えてはいなかったが、食事をしても高級なレストランばかりを選ぶし、必ずデパートに買い物に連れていかれた。そこでバッグやアクセサリーをせがまれたものだ。

「私はまだこの恋を引きずってるよ」

何を今さら。俺は鼻で笑う。

過去の記憶を一気に思い出す。大学で出会った俺たち。

明るくて輪の中心にいるような彼女の印象はよかったが、ほとんど話すことはなかった。

ある日、図書室で勉強していたときに急に話しかけられたのだ。

『大手アルコールメーカーの御曹司なんだってね。いろいろと苦労がありそう。私でよければ愚痴でも何でも聞くから気軽に話しかけて』

屈託のない笑顔で言われ、多少心を許してしまった。

父からは『お前にはいろんな女性が寄ってくるだろう。気をつけるんだな』など言われていたものだから、常に警戒して女性と接するようにしていた。だが、真里が頻繁に話しかけてくるようになり、仲よくなっていた。

年頃だったこともあり、交際してみようという気持ちに発展していく。そして気がつけば真里は彼女になっていた。

はじめて付き合った女性ということもあり、大切にしようと思っていたところ、とんでもない裏切りにあったのだ。

大学二年のとき、大人数での食事会があった。手洗いに行こうと席を立ち、廊下に出たとき、人の気配を感じた。真里が見知らぬ男と抱き合っていて、口づけを交わしたのだ。あまりにも驚いてその場で立ちすくんでしまった。

俺と付き合っているのに、他の男とあんなことをするとは、信じられなかった。

そのときは見なかったことにして、まずは冷静にならなければと気持ちを落ち着かせた。

それから数日後、大学で彼女が友人と話しているのをたまたま聞いてしまった。

『えー二股？　やばくない？』

『ちがーう。三股！　どの人も捨てがたいのよ。御曹司はいっぱいもの買ってくれるし、いいレストランをいっぱい知ってるんだけど……超、真面目でつまんないんだよね』

とんでもない裏切りにあったと俺は真里を呼び出した。

『申し訳ないが、別れてくれ』

『なんでそんなこと言うの？』

毒づいていた女とは思えないほど、ピュアな瞳を向けてきて涙を浮かべる。これに騙されてはいけないと睨みつけた。

『俺は浮気する人は嫌いだ』

そう言い放ち、きっぱりとそこで交際を終わらせた。

この事件がきっかけで女性を信じられなくなってしまったのだ。

当時の記憶を思い出したが、過去を過去として受け止められるようになったことに改めて気がついた。それは、愛する妻に出会えたからだ。

「本気で好きだった。今までお付き合いした中で一番の男性だったから」

「それは、どうもありがとう」

抑揚のない声でお礼をして冷たい視線を送る。

「信じてないでしょう？」

「信じておくよ。ただ今は結婚もして実は子供もできて幸せに暮らしている」

「え？　奥さん妊娠したの？」

「ああ。まだ安定期に入っていないから、公表していないから内密にしていてほしい」

彼女は背もたれに体重をかけて大きなため息をついた。

「どうせ政略結婚のくせに」

そして腕を組んで薄ら笑いを浮かべる。

「愛していない女性とそういうことをするってどういう気分なの?」

「さきほども言ったが、悪いが俺は妻を愛している」

勝ち誇った表情を浮かべると、真里は悔しそうに唇をかみしめた。

「少し再会するのが遅かったみたいね。私も仕事が落ち着いてきたからそろそろ結婚したいって本気で思うようになっていて。もしかしたらこの出会いが運命なのかもしれないって思っていたの」

自分にとって都合のいいことばかり言っている。

許せない気持ちになったが今が幸せだから怒る気にはならない。俺は柔らかく微笑みかけた。

「運命の相手が現れるように陰ながら祈っている」

「あら、どうもありがとう」

◆

体の調子が少しよくなったので夕食の準備をはじめる。食べたいものは特にないので、味が薄めの雑炊を作った。

盛りつけて食べようと思ったとき、チャイムが鳴る。受話器を上げるとコンシェルジュからだった。

「村瀬様という方がお見えになっていますが、お通ししてもよろしいでしょうか？」

「はい」

何か必要な書類でも取りに来たのだろうか。

私はずっとソファーで横になっていたので跳ねた髪の毛を手で直していた。

すぐにチャイムが鳴ったのでドアを開けると、村瀬さんがビニール袋を差し出してきた。

「お体の調子はどうですか？」

「大丈夫です」

「副社長から様子を見て来てほしいって言われたので。こちら、りんごゼリーなど、お口にしやすそうなものを選んでまいりました」

「わざわざそのために足を運んでくださったんですか？　なんかすみません」

申し訳ない気持ちになってお礼をしたくなった。

大したものではないが、食事を作ったので食べていってもらおうと考えつく。

「もしよければ、食事を作ったところだったので、召し上がって行かれませんか？」

「えっ……」

「食べようかなと思ったんですけど、気持ちも悪いですしこんなに食べられないかなと。予定もあると思いますし……、無理にとは」

話をしているとグゥーと盛大なお腹の音が鳴る。

村瀬さんは笑顔を向けて頷いた。

「実は本日は忙しくて昼食を軽くしか食べていなかったんです。副社長がいないのに入っていいか悩んでいたのですが……」

「私がお誘いしたと言えば怒らないと思います。それに学生時代からお友達だったんですよね？」

「ええ。ではお言葉に甘えてお邪魔致します」

遠慮しながら入室した。

「どうぞおかけになってください」

「ありがとうございます」

食卓テーブルの椅子に座ってもらい、私はキッチンへ行って準備をする。雑炊と漬物と、昨日の余りのシュウマイを出した。

「大したものをご用意できなく申し訳ないです」

「いえ。とても美味しそうです」

「ビールでいいですか？」

「お構いなく。いただきます」

雑炊はスプーンですくって口に運び頷く。

「とても優しいお味ですね」

「つわりがひどくて、味の濃いものが食べられないんです」

私は一緒に食事をしようと思ったけれど、やっぱり気持ち悪くなってしまいりんごゼリーを食べることにした。

「さっぱりしてて美味しいです。買って来てくださってありがとうございます」

「副社長のお願いですからね。愛されていますね」

第三者から言われると嬉しくて、私は満面の笑みを浮かべた。忙しいのに常に私のことを気にかけてくれる夫。

最近は本当に心から愛されているのだと感じることが多い。

愛する人との間に子供ができて、女性としての幸せをかみしめているところだった。

だから元彼女の話は考えないようにしている。

はじめは緊張している様子だったが、アルコールが進んでリラックスしているように見えた。

「呑み過ぎてしまいました……。本当は奥様も呑みたいですよね？」

「いえいえ、気になさらないでください。たまに呑みたいなって思うときはありますけど、意外と我慢できるものなんですよね」

「母親って本当にすごいですよね」

感慨深げに言う姿を見て私は深く頷いた。

「そうなんですよ。まだまだ母親の自覚は足りてないですけど、妊娠をして母親のすごさって改めて感じました。産んでくれてありがとうって心から思うんです」

「晴臣は本当にいい人に出会えましたね」

「そう言っていただけて光栄です」

今は吐き気が落ち着いているので、楽しく話をすることができていた。

学生時代の話を聞かせてくれ、村瀬さんは晴臣さんのことが大切なのが伝わってくる。

「大学時代にとても傷ついた過去があったので、結婚ができるなんて思っていなかったんですよ。結婚したとしても政略結婚でそこには愛情がないとか、そんな未来を想像していました」

何があったのか知らないが、彼は曖昧な表情を浮かべていた。

聞いてもいいのだろうか。気になるけど彼の過去を知って私はどうなってしまうのかわからない。今でもその傷が消えていなかったら、私は彼の傷を癒してあげたい。

「今日も積もる話があったんでしょうね。二人きりにしてほしいって言われたので私はついていけませんでした」

村瀬さんが何気なく言った言葉に私の心臓がドクンと跳ねる。

接待だと聞いていたが、その相手が元彼女だということは知らなかった。あえて言っていなかったのだろうけど、元彼女に会うなら一言言ってくれたらよかったとのにと思ってしまった。

コマーシャルに出るのだから、接待するのはおかしなことではない。しかし、二人きりで会わなければいけない理由が何かあるのかもしれない。

責められる立場ではないけれど、どうしても気持ちが落ち着かない。晴臣さんのことを愛してるからこそ気になるのだ。

彼の過去のことが知りたいと猛烈に思って、私は質問してみることにした。

「実は晴臣さんの過去の話って、ほとんど聞いたことがなかったんです。過去に何があったんですか？」

重たい空気にならないようにあえて明るい口調で言った。

「彼はすごく一途《いちず》なんです。大学時代に付き合っていたのが倉敷真里で……。『あの人と付き合っているのは、お金持ちの御曹司だから』と自慢げに友人に話しているところをたまたま聞いてしまったそうで……。ものすごく傷ついてしまったんです。それで女性不信になったんですが、あの容姿なので女性から次から次と誘われてうんざりしていたんです」

その話を聞いて私は納得した。だから私がはじめて会ったとき、とても警戒されたのだ。

「そこから女性というものを毛嫌いするようになって」

「そうだったんですね……」

「女性は身分ばかりで本当の自分を見てくれないと嘆いていました。そんな状態だったら恋愛や交際するのは無理かなと思っていたんです」

傷ついて苦しい思いをしていたのに、私のことを好きだと言ってくれた。

その気持ちが嬉しかったけれど、忘れようと必死になっていたのではないか。

彼女に再会して、二人きりで会うということはどういう意味なのか、恋愛経験がない私でも予想がつく。ただの仕事ではないということを。

「まさか長い『時』を経て仕事で再会するなんて想像もしていませんでした。こんな運命のいたずらってあるんですね」

「……ですね」

「ずっと結婚なんてしたくないと言っていたのに、運命の人っているんだなって」

「運命の人？」

「ええ、奥様ですよ」

話をしていると玄関の鍵が開いた音がした。立ち上がろうとするとリビングに晴臣さんが入ってくる。

お酒を呑みながら食事をしている村瀬さんの姿を見て驚いているようだった。

「何をしているんだ。妻の様子を見て来てほしいとは言ったが、アルコールを呑みながら食事をしてこいなんて言ってない」

怒っている晴臣さんの姿を見て、村瀬さんは驚いている。

「私が食事をしていってくださいってお願いしたの。わざわざ買ってきてくれたから」

「……そうだったのか」

話を聞いて少々安心した表情に戻った。彼が感情をあらわにするのは珍しい。元彼女と会ってきて気持ちが高揚しているのか。そう考えると私は切ない気持ちで胸が押し潰されそうになる。

「思ったよりも早かったですね」

村瀬さんが質問すると頷いて彼の目の前に座ってネクタイを緩めた。

「あぁ。仕事の話を少ししてきただけだからな。それよりもお前、余計なことを言ってないだろうな？」

元彼女の接待をしていたということを私に知られたくないのかもしれない。特別な感情がまだ心の中に残っているという可能性もある。考えたくないが、晴臣さんの本心が知りたい。でも私には聞く勇気がなかった。

「何も言っておりません。素敵な奥さんですね。副社長、大切にしなければいけませんよ」

「そんなの言われなくたってわかってる」

そこで一杯だけ二人でお酒を呑み、村瀬さんは帰っていった。

私が何事もなかったかのように食器を片付けていると後ろから長い腕で抱きしめられる。

「体調が悪いのに気を遣わせてしまって申し訳なかった」

「いえ、体調もちょうどよかったから大丈夫だよ」

元彼女との話を聞いてもいいのか私は悩みながらお皿を洗っていた。

「体を冷やしてはいけない。俺が皿を洗う」

「そんなに心配しないで」

こんなにも愛してくれているのだから、疑ってはいけないと思った。だけど気になって仕方がなくて完璧な笑顔を作ることができない。

もし元彼女とよりを戻したいと思っていたら私はどんな対応するべきなのか。お腹に子供がいるのだから、身を引くというのは違うような気がする。

「雪華、風呂に入ってくる」

「うん」

彼がいなくなった部屋で、私はしばらくの間、思い悩んでいた。すごく愛していた人と何年かぶりに再会して、気持ちが再燃するのではないか。

ソファーに座っていた私の隣にお風呂から上がってきた彼が腰をかけた。そして顔を覗き込み至近距離で視線が絡み合う。

「何かあったのか？」

「何もないよ」

にっこりと笑ってごまかす。

「村瀬から何か聞いたんじゃないか？」

「少しだけ、過去の恋愛のことを」

胸の中にしまっておこうと思うのに苦しくて吐き出したくなる。

「今日は元彼女の接待だったの？」

「あぁ。相手が芸能人だからなのか、二人きりで会いたいと言われて」

悪気がないように普通に言われてしまう。

「私は交際経験がないからわからないけど、別れた人と会うことって抵抗ないの？」

「それは早く妻に会いたかったさ。別れた女と会うなんて時間の無駄だからな。でも仕事だから仕方がないだろう？」

諭すように言って私の肩に腕を乗せて抱き寄せられた。

彼は手が長いから彼の中にすっぽりとはまってしまったような感じがする。そしてここが私の居場所だと今はすごく安心するのだ。

「もしかして嫉妬してくれているのか？」

「え？　まさか……」

やきもちを焼いているなんて思われたら恥ずかしい。穴に入りたくなってしまう。

「今俺が愛しているのは雪華だ。過去は変えられないが未来は変えられる。これからの俺の未来は全部雪華と共に過ごしていきたいと思っている」

まっすぐな瞳で見つめられて言われたので、私は信じざるを得なくなった。

◆

最近つわりは落ち着いてきたが、体調を崩して迷惑をかけてはいけないとのことで、会社は八月いっぱいで退職することになった。

休職という形で当初は話が進んでいたが、義母からは将来社長になる晴臣さんを影ながら支える立場になりなさいときっぱりと提案された。

私が働きたいという気持ちを知っていたからこそ、夫はこのような場を提供してくれたのだ。

しかしこれだけの大きな大企業である。姑の言うとおり、夫のことを支えていくというのも大切な仕事の一つだと思うようになり、私は宇佐川家の妻として、夫を支えていきたい気持ちが強いことに気がつき、退職という道を選ぶことになった。

秋発売の商品が完成し、コマーシャルの撮影も終えたそうで、十月からテレビで流れるらしい。そのたびに夫の元彼女の姿を見ることになるから、私の心がモヤモヤとしてしまう。

紅葉をモチーフにしたビールが発売される。美味しそうだなと思うけれど、私は出産まで呑むことができない。妊娠中というのは、アルコールを好きな人間にとってはちょっとだけ辛い時期でもある。

完成した新商品のウェブページを見て、久しぶりにお酒が呑みたいと思った。

給湯室でマグカップを洗っている。

私と晴臣さんは職場で会うことはほとんどなかった。やはり彼は副社長でかなり忙しい生活をしているのだ。

家に帰ってきたときくらいゆっくりとリラックスしてもらおう。妻として頑張ろうと気持ちを新たにする。

足音が聞こえてきた。振り返るとそこには今考えていた夫の姿があった。彼が中に入ってくる。

「体調は大丈夫か？」

「うん。どこから戻ってきたところ？」

「あぁ。総務部に行く用事があったから。通りがかったら、雪華の姿が見えたからついつい寄ってしまった」

穏やかな表情を浮かべてこちらを見ている。そして手を伸ばしてきて私の頭を撫でてきた。オフィスでこんなことをするなんて恥ずかしくて頬が熱くなる。

「誰か来ちゃう」

「大丈夫だ。少しの間だけでいいから抱きしめさせてくれ」

長い彼の腕に抱きしめられると身体の力が抜けていくように幸せな気持ちになっていた。

「もしよかったらコーヒー淹《い》れようか？」

「ああ、頼む。職場で雪華のコーヒーが飲めるなんて幸せだ」

ここは会社なのに家にいるときのように、穏やかな彼になっている。

コーヒーを準備しながら何気なく会話を続けていた。

「新商品のウェブページ見たよ」

「なかなかおしゃれでいい感じだよな」

元彼女が起用されたものだと思うと胸が苦しくなるが、そこには触れずに会話を続ける。

「秋らしくていいね。紅葉狩りをしながらビールが呑みたくなっちゃった」

「子供が生まれて大きくなったら行こうな」

「うん」

子供が生まれてきて家族で出かけるところを想像すると楽しみになってくる。

私たちには幸せな未来が待っているのだから、元彼女のことは気にしないようにしよう。

「はいどうぞ」

「ありがとう」

マグカップを渡すと、彼は体をかがめて私の額に優しくキスをした。

不意打ちすぎたので私が固まっていると、楽しそうに笑って給湯室から出ていった。

◆

あっという間に八月末を迎え、私は今日で退職することになった。

終礼で挨拶をさせてもらうことになり、感謝を込めてみなさんの顔を見つめる。そして口を開く。

「短い間でしたがみなさんと働けたことが本当に楽しかったです。結婚する前までデザインの仕事をしていて、結婚することになり仕事を辞めなければいけないことが心残りだったんですが、こうして働けたことでその気持ちも消化されました」

ここで一呼吸を置く。

「まだまだ働きたい気持ちはありますが、これからは夫を支えながら応援していく立場として頑張りたいです。もし何か私にできることがあればいつでも連絡ください。私が学んだデザインのノウハウがお役に立てたら嬉しいと思っています。本当にありがとうございました」

大きな拍手を送られ、花束までプレゼントしてくれた。

来週から職場に来ないのだと思うと少々寂しいが、私はみなさんに笑顔で送り出してもらえた気がした。

今日は食事をして帰ろうと晴臣さんが誘ってくれている。地下駐車場に行き、彼の車に乗り込んだ。

隣に座った彼が穏やかな顔でお疲れ様と言った。

運転手が安全運転で発車する。ホテルまで送り届けられ、今日のレストランは和食だった。先日和食がいいとリクエストをしたので、懐石料理のお店をチョイスしてくれた。

結婚してもこうしてたまにデートし、忙しい時間を割いてなるべく家族のために時間を使おうとしてくれるのだ。きっと子供が生まれてもいい父親として協力するに違いない。

すべての席が個室になっていて、ゆっくりとした気分で味わえるところだった。

和食だが椅子席なので、妊婦の私にも座りやすくてありがたい。

竹の香りを感じるような空間に腰を下ろす。

「こういうところでは日本酒が呑みたくなるなぁ」

「そう言うと思った。これで我慢してくれ」

テーブルに出されたのは日本酒風味の飴《あめ》だった。

「何これ？」

「米が使われて作られているがアルコールが入っていない。妊婦にも安心して食べられるらしい」

「すごい、美味しそう！」

私のために買ってきてくれたことが嬉しくて、満面の笑みを浮かべた。

「ずっと酒を呑みたそうにしてたから、何かいいものはないかと探していたんだ」

「ありがとう。家に帰ったら食べさせてもらうね」

「ああ。でも、甘いもの食べ過ぎたら体重が増えるから気をつけるんだぞ」

「うん。体重管理が大事だってお医者さんも言ってたもんね」

私は百パーセントのオレンジジュースを注文。

晴臣さんは私に合わせてジュースを頼もうとしたが、せっかくだからと私が選んだ日本酒を呑んでくれることになった。

「雪華が選ぶ酒はさすがだと感心する」

「どうもありがとう」

「料理の味を引き立てる」

美味しそうに呑んでくれている姿を見ると私も心が躍る。一緒に呑んでいるような気持ちになって食事が楽しかった。

つわりも落ち着いていて、食欲があるので美味しく食べることができている。

「今日までお疲れ様」

「私のことを思って働かせてくれて、心から感謝してるよ」

「こちらこそ感謝をしている。いずれ俺は社長になる。その妻が職場で働いていた経験があると知ると職員は親近感が湧くと思うんだ。働いてくれているスタッフが何よりも大切な存在だ。寄り添える俺たちでいたい」

「わかった。素敵な考えだね。もし私にできることがあればいつでも声をかけてね」

「ありがとう」

「これからは晴臣さんのことを陰ながら支えていく。そして元気な子供を産んで子育て頑張っていくから」

会話をしながら食事をして、これからの未来を想像していた。

会社がこれからも発展し続けてほしい。

『我が社の商品が楽しい時間に華を添える存在でいたい』

これは会社の理念らしい。

実家の日本酒を呑む人が増えて、一人でも多くの笑顔が生まれますようにと願うばかりだった。

お腹がいっぱいになって幸せな気持ちになっていると、私のお腹がポコっと動いた。

「あ、動いた」

私は自分のお腹に手を当てて満面の笑みを向ける。

「赤ちゃんが私のお腹を蹴ったの」

「なんだって?」

晴臣さんは立ち上がって私の隣にやってきた。幸せそうな表情を浮かべて私のお腹に手を当ててくるが、すぐに胎動を感じることができなくなってしまった。

「残念だ」

「これからきっともっと活発に動いてくれると思うから、チャンスはあるよ。パパ落ち込まないでって言ってるよ」

柔らかい表情を浮かべると晴臣さんも穏やかに笑ってくれた。ここに愛する人の命が宿っているのだと幸せをかみしめる。

「ちゃんと育っていてくれる証拠だね」

「生まれてくるのが楽しみだ」

「大事に育てていこう。たっぷりと愛情を注いで」

「そうだな」

久しぶりに外食をしてリフレッシュすることができた。

食事を終えて、家に戻り、ソファーに並んで座りながら、二人の間に隙間がないぐらいぴったりとくっつく。

「そうだ。買ってきてくれた飴、デザートに食べちゃおうかな」

「どうぞ」

袋を開けるだけで、日本酒の香りがして久しぶりにこの匂いを嗅いだ気がした。

一つ一つ丁寧に包装されている。一粒口に入れて口の中で飴玉《あめだま》を転がすと、米の旨みが広がって日本酒を呑んでいるかのような感覚に陥った。

「すごく美味しい！」

「雪華が喜んでくれるならもっと買ってくればよかったな」

妊娠中の私は制限が多いけれど、そんな私を楽しませようとあの手この手を使って頑張ってくれている。

その気持ちが嬉しくて、ますます私は夫への想いが胸の中で膨らんでいくのだ。

「晴臣さんも食べてみる？」

彼は頭を左右に振った。

同じ味を共有したかったなと残念な気持ちでいると、彼は私の後頭部に手を添えて顔をゆっくりと近づけてくる。

唇が近づきそうな距離感で穏やかな声で話しかけてきた。

「少しだけ味わわせてもらおうか」

何を言っているのかと思ったが唇が重なった。肉厚な舌が私の舌に絡み合う。

突然のことだったので彼の肩を押し返そうとするが、キスの魔法にかかってしまい体にうまく力が入らない。

私の手は宙を彷徨《さまよ》っていた。

そんな私の手を晴臣さんは優しく握ってくれる。そしてさらに深い口づけを重ねてきた。

「んっ」

長くて包み込まれるようなキス。私のことを心から愛しているというのが伝わってくる気がして、心臓の鼓動がドキドキと加速していく。

夫婦になってからのほうが、私も晴臣さんに対する恋愛感情が高まっている。

どんどん好きになっていくから独占欲も強くなって、元彼女のことが気になるのだ。

(今は何も考えないで、このキスに溺れていたい)

唇が離れると熱を帯びた目で見つめられ、体が焼き尽くされてしまうのではないかと思った。

「雪華……愛している」

「晴臣さんったら……」

「夫婦だから、いいだろう？」

「勝ち誇ったように言っているけれど、これで本当に飴の味がわかったの？」

「あぁ。雪華の唇はどんなデザートよりも甘くておいしいな」

「もう。からかわないで」

「からかってなんかない」

私がふざけて頬を膨らませると彼は楽しそうに笑う。

はじめて会ったときは、こんなに明るい表情を見せてくれる人じゃなかったのに、
今ではすっかりと心を開いてくれていることに私は幸福を感じていた。

第七章　紅葉とビール

仕事を辞めて家で過ごすようになった。

読書をしたり縫い物をしたりして日々をゆっくりと過ごしているのだけれど、テレビをつけることも多くなり、真里さんの姿をよく見ることがある。

晴臣さんの会社のコマーシャルにも出ていて、真っ赤なワンピース姿で空を見上げながらビールを呑むと、紅葉が舞い上がるという演出だ。たった十五秒なのに映画のワンシーンを見ているかのように美しい。

話したことがないからどんな人かわからないが、晴臣さんはきっと彼女のことを心から愛していたに違いない。

過去のことは気にしないようにしようと思っているけれど、接待との理由で二人きりで会っていたのが今でもやっぱり引っかかっていた。

過去のことを知らないほうがいい。村瀬さんが教えてくれたことがすべてなのだ。

そうだとわかっているけれど、どうしても気になってしまい、私はインターネットで名前を検索していた。

『倉敷真里』

様々な情報が飛び交っていて、すべてが本当ではないと思うけれど、気になって読み進めていた。

学生時代の写真まであって、そこに写っていたのは寄り添って楽しそうに笑っている若かりし頃の晴臣さんと真里さん。晴臣さんは目が黒塗りされていたけど、絶対にそうだ。

「本当に付き合ってたんだ……」

芸能人になる前からとても美しい。そして晴臣さんはそんな彼女にとても似合っている。

私はどちらかと言うと、どこにでもいるような普通の顔だ。今さらだけど本当に私でよかったのかと焦燥感にかられる。

こんな気分になるというのは、もしかしたら妊娠しているからホルモンバランスが崩れていて、ネガティブな感情に襲われているのかもしれない。そうだと決めて私は散歩することにした。

公園を歩いているとベビーカーを押している若い母親や、小さな子供と砂場で遊んでいる母親がいた。

自分ももう少ししたらこの子に会える。そして晴臣さんは間違いなく可愛がってくれる。

幸せな未来しか描けないのに、元彼女のことが気になってしまった。

晴臣さんは気にしていないというような素振りを見せていたけど、後悔していないのか。でも、そんな何回も聞いたらしつこいと思われる。

過去のことを気にしないで今現在を見て生きていればいい。しかし、どうしても気になってしまう自分の性格が嫌だ。

それほど私は晴臣さんのことを愛している。これからもずっと一緒に生きていきたい。

◆

日曜日になり、今日は自宅でのんびり過ごすことにした。

太陽の日差しが柔らかくて、秋晴れだ。気持ちが高揚してくる。ブランチをしながら、午後からの予定を話し合う。

「ずっと見たかった映画があるんだ。家でゆっくり観《み》ないか？」

「うん、いいよ」

「じゃあ、ちょっとシャワーを浴びてくる」

「いってらっしゃい」

彼はシャワーを浴びてくるとバスルームへ消えていった。

映画を見ながらノンカフェインのお茶でも飲もう。準備しようとすると着信音が部屋に鳴り響いた。

テーブルに置かれている晴臣さんのスマホだった。

一度切れて再び電話が鳴る。もしかしたら仕事の連絡か。

普段は気にしないようにしているのだけれど、画面を何気なく確認すると『真里』の文字が浮かんでいる。その文字を見て私の背筋に冷たいものが走り抜けていく。

密会を重ねている可能性があるかもと悪いことを想像したこともあった。でも疑ってはいけないと考えないようにしていた。

(私の予想……、当たってしまったのかな)

二人はプライベートで連絡を取り合う仲だったのだ。

(接待という理由で会っていたのは嘘だったの?)

もしかしたら、再会したことで恋心に火がついて関係が復活しているのかもしれない。いつも笑顔で私のことを愛していると言ってくれるけれど、嘘だったのかとすら思ってしまう。

頭を左右に振って嫌なイメージを消そうとした。晴臣さんは私を裏切るようなことなんて絶対にしない。

電話が切れたので安心していると、再び着信があった。着信音が頭の中で何度も鳴り響いて頭痛がする。気がおかしくなってしまいそうだった。

しつこいので思わずスマートフォンを手に持って衝動的に通話ボタンを押した。

『やっと出てくれた。はるくんったら、なかなか出てくれないんだもん。時間ができたから会いたいんだけど……都合どうかな』

まるで恋人のような口調だった。繊細に積み上げた積み木が一気に音を立てて崩れていくような、そんな気分に陥る。

「申し訳ありません。晴臣さんの自宅に来ております家政婦です。もし着信があったら出てくれと言われて……。ただいま入浴中でございます」

私は咄嗟に嘘をついてしまった。自分が妻だと言うことができなかったのだ。

『そうだったんですね。それではまたかけると伝えてください』

「かしこまりました」

通話が終了された。私は力なくその場に座り込んだ。ショックが大きすぎて慌てて通話履歴を消していた。

（今の出来事はなかったことにしよう）

普段夫のスマートフォンなんてチェックすることがなかったのに、たまたま目に入ってしまって、咄嗟に通話をしてしまった。

それで知ってしまった事実に私はひどく胸を痛める。冷静になれず混乱する。

今日はここで一緒に過ごすことができない。悲しみと怒りとで心がかき乱される気がした。

（……どうしよう）

まずは家を出よう。バスルームから戻ってくる前に脱出しなければと思った。

『晴臣さん、突然で申し訳ないですが外出してきます』

置手紙を残して私は家を出て、お腹を庇《かば》いながら早歩きをする。

どこに行けばいいのかわからず、何も考えないで駅に向かって歩いていた。

ふと立ち止まりこのまま一人でいたら悪いことばかり考えてしまいそうだと思った。

誰かに会いたい。そこで思いついたのが愛子だった。

妊娠したことを伝えると喜んでくれ、落ち着いたら会おうと言ってくれていたのだ。

今日突然連絡をして都合がいいかわからないが、願う気持ちで電話をするとすぐに出てくれた。

『久しぶり。どうしたの？』

「今日って空いてる？」

『うん。暇してたからこれから買い物でもしてこようかなって思ってたところ。もしよかったらお茶でもする？』

「ぜひ、お願い」

かなり動揺していた私は、誰かに話を聞いてほしかったのだ。

約束の駅で待ち合わせをすることにして電話を切った。

歩いている途中も心臓がドキドキと嫌な音をたてている。愛されていると信じていた。

浮気をされていたらどうしよう。子供が生まれてくるから離婚なんてできないし。シングルマザーで育てていくべきか。どうしても悪いことばかり頭の中に浮かんでしまう。

スマートフォンに連絡が入った。画面を確認すると晴臣さんだった。心臓の鼓動がドクンと跳ねる。

今、晴臣さんの声を聞いたら発狂してしまいそうだ。通話ボタンを押すことなく、メッセージを送ることにした。

『愛子と突然会うことになったの。せっかく一緒に過ごす約束をしていたのにごめんなさい』

『それはいいんだけど。迎えにいくから必要なら言ってくれ』

きっと私の体を労って言ってくれている言葉なのに、素直に受け入れられない。

私がいなくなったのをいいことに、もしかしたら真里さんと密会するのではないか。

悪い想像ばかりして泣きそうになった。

『心配しないで』

スマートフォンの電源を切り、バッグの中に入れて歩き出した。

待ち合わせの駅に行くと愛子が待っていた。私の姿を見て駆け寄ってきて驚いた顔をされる。

「どうしたの？　顔色がめちゃくちゃ悪いんだけど」

「うん。誰にも相談できなくて」

「とりあえずどこか入ろうか？」

憔悴《しょうすい》しつつも、頷いた。

喫茶店に入りグレープフルーツジュースを注文する。愛子はブラックコーヒー。

「何があったかちゃんと話をして」

どこから話していいのかわからなかったけれど、私は順を追って説明した。

「なるほど。接待で二人きりで会うのは仕方がないけど、プライベートの電話にかかってくるのはちょっとね。しかも休日に」

「二人が今でもつながっていることを知らなかったほうが幸せだったよ」

この先、出産して子供を一緒に育てていけるのか。私は自分のお腹をそっと触った。

「気持ちは伝えたの？」

私は頭を左右に振る。

「話を聞いてみたら案外なんてこともない理由で連絡をしてきた可能性もあるよ？」

その通りなのだが、過去に心から愛していた女性だと知っているので、もしかしたら今でも忘れられないのかと、どうしても考えてしまうのだ。

「これから子供を産んで生活をしていかなきゃいけないんだよ。思っていることをちゃんと伝えなきゃ」

「怖くて聞けない」

愛子に諭される。母親になるのだから強くならなければならない。いつまでも逃げていたって同じことの繰り返しなのだ。愛していると言ってくれた夫の言葉を信じたい。

「今日は家まで送っていくから、心の整理がついたらしっかりと気持ちを伝えるんだよ」

「愛子、ありがとう」

勇気づけられて心が落ち着いてきた。気になっていることは口にしようと決意したのだった。

『愛子と夕食を食べて帰るね』

晴臣さんにメッセージを入れて、愛子と休日を久しぶりに一緒に過ごすことにした。同僚だった頃は、休みの日も温泉などに出かけていた。思い出して懐かしくなる。昔話に花を咲かせながらゆっくりと一緒に時間を過ごし、気分転換することができた。

家に帰って夫とどんな顔をして会えばいいのか不安だったけれど、時間も時間なので私は戻ることにした。

マンションに到着した私の足がすくんでしまう。

「大丈夫。夫婦の絆《きずな》を深めるチャンスだから、ちゃんと思いを伝えてね」

「うん」

「今日は私が突然連れ回したっていうことにしとくから、ね」

「愛子、本当にありがとう」

彼女はウィンクする。

「私にいい人ができて、結婚して……。もし喧嘩《けんか》したら話を聞いてね」

「もちろん」

エレベーターに一緒に乗って部屋の玄関の前に到着した。チャイムを鳴らすと晴臣さんが出てくる。

「雪華！」

「ただいま」

「……急にいなくなって心配したんだぞ」

「すみません。私が無理に呼び出しちゃって」

私の背後にいた愛子が声を割って入ってくれた。

「愛子さん、ご無沙汰しております」

彼は私が帰ってきたことで、愛子の姿が目に入っていなかったようだ。取り乱していた姿を改めるかのように、一呼吸置いてから頭を下げている。

「わざわざ自宅まで送ってくださったんですね。どうぞ上がってください」

「いえ、これからデートがあるので。またゆっくりお邪魔させてもらいます！」

「そうですか」

「たまに雪華と遊ばせてください。では失礼します」

エレベーターのボタンを押すとすぐに扉が開いて中に入っていった。手を振りながら下がっていく。

二人きりになって私は気まずい気持ちになった。しかし家に入らないわけにいかないので玄関の中に足を踏み入れる。

自分の家なのに、こんなにも緊張するとは思わなかった。

部屋の中に入るなり、彼は私のことを長い腕で抱きしめてくる。しかも、いつもよりも力強い。

「バスルームから出たら急にいなくなってたから驚いたんだ」

「ごめんなさい」

「胸が痛い」

彼は私のことを大切に思ってくれている。

でもその一方で、どうしてプライベートで元恋人と連絡を取っているのだろうか。

愛子に説得されて自分の気持ちを伝えようと帰ってきたのに、今日は口にする勇気が持てない。

彼は私の頬に手を添えて眉を下げている。

「何か心配事でもあったのか？」

「……いえ」

「俺たちは夫婦なんだ。隠し事はしないでほしい」

やっぱり言えない。

私には過去に付き合ったことのある人がいなかったから、愛していた人の記憶が、どのように変化していくのか想像もつかないのだ。

今晴臣さんを愛しているけど、彼ともし別れたとして……。そう簡単に忘れられない。

「そうだよね。突然いなくなったら心配になるよね」

私の両頬を包んでいた手のひらが剥《は》がされ、ものすごく強い眼力で見つめられる。

何事もなかったかのように、今できる精一杯の笑顔を浮かべた。

（今日は話をすることができない……）

今の感情のまま思いをぶつけてしまうと、もしかしたら相手を傷つけてしまう言葉を言うかもしれない。

「久しぶりに外出して楽しかった。友人と過ごす時間も大切だね」

「あぁ……」

彼の目はまるで私の心を見透かしているようだった。

「雪華」

「今日は疲れたから早めに休んでもいい？」

「わかった。無理しないほうがいい」

私は話すのを遮って、彼の元から離れてバスルームへ逃げ込んだ。

熱いシャワーを浴びる。

ちゃんと伝えなければ精神的にもよくないし、胎児にも影響がありそうだ。

数日以内には自分の気持ちをしっかりと伝えよう。

鏡に映る私の姿を見るとお腹が目に入った。ここにしっかりと子供の命が育っているのだ。

「もっと強くなるからね……」

お腹に話しかけているとボコッと動いた。私のことを勇気づけてくれているように感じる。

「ありがとう」

早く心のモヤモヤした状態をなくして、マタニティーライフを楽しみたい。そして元気な赤ちゃんを産むことに専念したいと思った。

シャワーを浴びてリビングに行くと、晴臣さんは誰かと電話しているところだった。

私は嫌な予感がしたけれど、話を聞かないようにして寝室へ向かう。

眠ることなんてできなかったけれど、横になって時間が過ぎるのを待つしかなかった。しばらくして彼がやってきてベッドの中に入ってくる。どこか寂しそうに感じるのは気のせいなのか。

いつもならベッドで少し話をしてから眠るのに、今日はお互いに背中を向けて眠ることになるだろう。

月曜日。

彼を仕事に送り出して、家の中でぼんやりと過ごしていた。

自分の気持ちはまだ伝えられていないけれど、赤ん坊はお腹の中でどんどん成長していく。

いつまでも引きずっていられない。子供が生まれてくるための準備を少しずつはじめていこう。

書店に行って姓名判断の本や子供の命名に関する書籍をいくつか購入してきた。

お腹の赤ちゃんの性別はまだわからないが、晴臣さんの『晴』という漢字が好きなので、使いたい。でも、ご両親につけてもらう可能性もある。

我が子にはこだわった名前をつけたいなと内心思うけど、嫁としての立場で意見はなかなか言えない。

ご両親がつけるか、私たちがつけるかわからないけれど、どんな名前がいいか希望だけはまとめておこうと本をパラパラとめくっていた。

人生を左右する名前だから責任重大だ。いろいろな名前があって、見ているだけでも面白い本だった。

私と夫は相変わらずギクシャクしたまま。こんな状態で過ごしていたら胎児にも悪影響だ。このまま逃げ続けてはいけない。

次の土曜日には気持ちを伝えるつもりだ。少し時間が過ぎたことで私の心も整理できた。

愛子にメッセージを入れておく。

『やっと心の整理がついたから、話をしようと思うよ』

『頑張れ』と仕事の合間なのに返信があった。


そして、いよいよ土曜日になった。

晴臣さんは仕事がないみたいでスケジュールが空いているようだ。

「ドライブでもしようか？」

「え？」

「おむすびでも作って、公園で食べる休日も楽しくないか？」

「そ、そうだね」

家で気持ちを伝えようとしたが、場所を変えたほうが話しやすい。

私は同意してから、キッチンへ向かう。

朝炊いたご飯が余っていたので、これでおにぎりを作ろう。

冷蔵庫を開けるとたらこが残っていたので焼たらこにする。それとツナマヨを作ることにした。

久しぶりに一緒にドライブに出かけてランチができると思ったら、楽しみな気持ちになってくる。

ふっくらしたご飯に具材を詰めて柔らかく握っていく。

でもポロポロと崩れてしまわないくらいの柔らかさであることが重要だ。蒸れてしまわないようにアルミホイルで包んでピクニックバスケットに詰め込んだ。

まだ隙間があったので卵焼きと、ウインナーと、マカロニサラダを作って中に入れた。

「どこの公園に行く？」

「そうだな」

私たちは話し合って、池やカフェが併設されている国立公園に行くことにした。

「完成！」

中身を見せると彼は目を細めた。

「うまそうだ。じゃあ早速出かけてこよう」

今日の彼はポロシャツに麻のジャケットを羽織り、ジーンズというラフな格好だ。スーツを着ている晴臣さんも素敵だけど、プライベートの柔らかい雰囲気も大好き。

体の調子もいいし楽しんでこようと思ったとき、コンシェルジュからの着信を知らせる連絡が入った。

私はインターホンに近づき受話器を取る。

「はい」

『宇佐川様、倉敷様という方がお見えになっているのですが、お通ししてよろしいでしょうか？』

一瞬誰だろうと考える。頭に浮かんだのは晴臣さんの元彼女の倉敷真里さんだった。家まで押しかけてくるなんて、どういうつもりなのだろう。

答えに困っていると様子がおかしいと気がついた晴臣さんが近づいてきた。

「どうかしたか？」

コンシェルジュに聞こえないように通話口に手を当てて伝えることにした。

「……倉敷さんという方がきているみたい」

「え？」

「……倉敷真里さんだよね。せっかく来てくれたから中に入ってもらう？」

晴臣さんは私から受話器を奪った。

「すみません。ロビーでお待ちいただくように伝えてもらえますか？」

通話を切って、こちらに厳しい瞳を向けてくる。

「上がってもらう必要なんてない。連絡もなく勝手に押しかけてきて、失礼じゃないか？　俺が対応してくるから少し待っていてくれ」

毅然《きぜん》とした態度で彼は玄関に向かって歩いていく。

この様子を見て二人は深い関係ではないのだと確信した。

私は帰ってくるまでソファーに座り、祈るような気持ちで待つ。

数分後、晴臣さんは何気ない顔で帰ってきたので、立ち上がって瞳を向けた。

「大丈夫だ。帰ったから」

「本当に帰して大丈夫だったの？」

「どういう意味だ？」

「……たまたま着信が入ってくるところを見てしまったの。それで二人はまだつながっていると思って」

「まさか、そんなことありえない。別れて速攻番号を削除したが、仕事で関わることもあるから登録し直しただけだ。深い意味はない」

夫が私に近づいてきた。

「もしかして……。先日、突然外出してしまったのはそれが原因だったのか？」

「うん」

彼は額に手を当てて盛大なため息をついた。

「そんな心配をさせていたとは……。俺の愛情がまだまだ伝わっていない証拠だな」

真剣な眼差しをして、私のことを抱きしめた。

「過去のことは過去だ。俺は雪華と生まれてくる子供のことしか愛していない。信じてくれるか？」

今までの不安だった心が徐々に溶けていくような感じがして、私は言葉にならず涙を流した。そして抱きしめられている彼を私も抱きしめ返す。

夫は優しい表情を向けて私の両頬を包み込み、顔を傾け、唇が重なる。

言葉足らずの私のせいで、また勝手な妄想して悩んでいたことを猛反省した。

「これからは一人で悩まないこと。いいな？」

「うん」

「よし、じゃあ出かけよう」

私たちは仲よく手をつないでマンションから出て、駐車場へと向かった。


公園に到着するとたくさんの人で賑わっていた。ファミリーやカップルが楽しそうにランチをしている。

芝生の上にレジャーシートを敷いて私たちはそこに腰を下ろす。

お腹が大きくなってきたので動くのが少し大変だが、晴臣さんが私の手を持って安全に座らせてくれた。

風がほとんどなく、のんびりと公園で過ごすにはいい日である。

先ほど私たちはお互いの気持ちを伝えあって、本当の夫婦になれたような気がしていた。

籠を開いておにぎりを手渡す。

「きっと晴臣さんなら、ツナマヨから食べたいと言うと思って」

「大正解だ。さすが俺の奥さんだな」

そう言って私の頭を撫でた。彼の大きな手に撫でられると、まるで自分が子猫になったような気持ちになり甘えたくなってしまうのだ。

公園という公の場なので今は堪えているけれど、家に帰ったらたっぷりと愛情を注いでもらおう。

アルミホイルを剥がしておにぎりを口に運ぶ彼。咀嚼《そしゃく》して、顔をくしゃりとさせた。

「うまい」

「よかった」

「雪華はこういうことをしてくれる人でよかった」

「ん？」

「俺の母はほぼ料理をしなかったし、こうしてピクニックに出かけることもなかった。跡取りとして産んだ俺のことがそんなに可愛くなかったのかもしれない」

「そんなことないよ。晴臣さんのことは自慢の息子だと思ってるよ」

「……俺が男だったからよかったものの、女だったら冷たく当たっていただろうな」

乾いた笑みを浮かべて切なそうにおむすびを食べている。そんな彼の膝に手を置いた。

「家族にしかわからない何かってあるよね」

晴臣さんは、ゆっくりと視線をこちらに向けた。

「これからは私がいるから安心して」

彼は安心したように頷く。

「そういえばね、この前、名前をつけるための本を買ってきたんだけど、この子の名前はご両親に決めてもらったほうがいい？」

「いや、名前は自分たちで決めよう」

「大丈夫なの？」

「ああ、自分たちの子供だから自分たちで決めたい」

晴臣さんがそこまで言うなら大丈夫だ。

「私は晴れるっていう漢字を使いたいの。姓名判断とかもやっぱり少しは気になっちゃう」

「たしかに。子供の名前をつけることって重大だよな」

「うん。でもどんな運命を背負っていても、二人で愛情を注げば幸せになると思うの」

彼は私の手をギュッと握った。

「そうだな。ありったけの愛情を子供に注ごう」

この話を聞いて赤ちゃんがお腹を蹴った。

「動いた」

晴臣さんは慌てて私のお腹に手を当てた。そして胎動を感じることができ喜んだ表情になる。

「お父さんだよ、わかるかな？」

私はお腹に話しかけた。

「ところで赤ちゃんの性別は生まれる前に聞く？」

「そうだな。元気で生まれてくれたらどちらでもいいんだけど、性別がわかったほうが物を揃《そろ》えるときもいいかもしれない。次の病院のときに聞いてこよう」

「うん！」

愛する人の子供に会える日が楽しみで仕方がない。

第八章　アップルサイダーであなたに酔う

お腹の赤ちゃんの性別は男の子だった。

その話を聞いた姑はすごく喜んでいたが、私は正直どちらでもよかった。たしかに跡取りを産むことができるのは、嬉しい。

でも健康でこの世の中に誕生してくれるのが一番の願いだ。

アルコールが好きな私は最近呑みたくてたまらなくなってきた。

少量なら呑んでもいいと専門書には書いてあったけど、万が一胎児に影響があってはいけないから我慢している。

妊娠する前は二人で呑みに行ったり、晩酌をしたりしていた。家で簡単におつまみを作って食べるのが楽しみだったのだ。


「ただいま」

玄関に迎えにいく。

「おかえりなさい」

「手、洗ってくる」

洗面所に向かった彼は、手洗いとうがいを済ませて出てきた。

晴臣さんの手には細長い紙袋があった。

「これ、お土産」

「何?」

中から出すとスパークリングワインのような瓶が出てきた。

「そろそろ呑みたくなるんじゃないかと。俺なりにいろいろ調べたんだ。アップルサイダーなどの炭酸だったら呑んでいる気分になるらしい」

「なるほど! 思いつかなかった。ありがとう」

「日本酒はもうしばらくお預けだけどな」

私のことを考えて買ってきてくれたことに胸が熱くなる。

食卓テーブルについて、おつまみを並べて、晩酌をはじめた。

塩分やカロリーをとり過ぎては体重が増えてしまったり、むくみが激しくなることがあったりするので、野菜スティックなどを中心にヘルシーなものを揃えた。

他愛のない話をしながら、一緒に一日の終わりを過ごすこの時間がとても幸せだ。

「次の土曜日には家を見に行こう」

「うん。大工さんに差し入れを持ってね」

「あぁ、そうだな」

「どうぞ」

グラスが空いたので、お酌をする。

「ありがとう」

やっぱり、こうしてゆっくり過ごす時間が一番幸せだ。引っ越しをしたら、部屋が広いからいろいろな場所でお酒を呑むことができる。

子供に母乳を飲ませ終えてからの話だから、まだまだ先かもしれない。もしかしたら兄弟が生まれてくることだって考えられる。

でも私たちの結婚生活は長く続く。年を重ねても楽しく仲よく過ごせていけたらなと思っていた。

◆

土曜日になり、来年に完成予定の自宅へ、大工さんへの日頃の感謝を込めて差し入れを持っていくことにした。

晴臣さんの運転で向かう。

途中でランチをしてから行くことになった。ホットサンドの美味しい喫茶店でお腹を膨らませてから、車に乗った。

到着すると、シンプルでありながらもスタイリッシュな外観がほとんどできていた。

「お世話になっております」

晴臣さんが現場責任者に声をかけて差し入れのドリンクを手渡し、どこまで進んでいるのか説明を受けた。

三階建てで地下もある。サウナ、映画室、広々とした庭が作られている。

これだけ広ければ子供が喜んで走って遊べそうだ。将来的には犬を飼ってここで遊ぶのもいい。

生まれてくる子供と晴臣さんと一緒にここに住む未来を想像する。すごく楽しみで仕方がない。

「では、引き続きお願いします」

邪魔をしてはいけないので、すぐにその場を後にした。

晴臣さんが運転する車で私たちの自宅へと戻ることにした。途中で今夜の食材を買って、自宅で焼肉をしようという話になっている。

太陽が沈みかけてきている中、会話をしながら車に揺られていた。

「そろそろベビーベッドを決めておこう。子供が生まれてくる準備を進めておきたい」

子供が生まれてくることを誰よりも心待ちにしてくれている。

きっと子煩悩な父親になるのだろうと想像してしまった。

幸せな気持ちになって私がクスッと笑うと、彼は不思議そうな表情を向けてくる。

「なんだ」

赤信号で停車した。晴臣さんはこちらを一瞬だけチラッと見た。

「すごく可愛がってくれるんだろうなって想像したら面白くて」

「それはこっちのセリフだ。雪華はなかなか子離れできない母親になりそうだ」

「たしかに」

「でもしっかりと育ててくれる安心感もある」

私のことを信頼してくれている発言で素直に嬉しかった。

子育てはまだしたことがないからわからないけれど、きっと可愛いだけでは育てられない。責任がある。立派な子供に成長していけるように頑張らなければ。

だけど変に気合いを入れると空回りしてしまうこともあるだろうから、子育ての先輩である姑や母の意見を聞いて無理しないようにのびのびと育てていきたい。

焼肉の材料を購入し家に帰ってくると、私は台所で野菜を切りはじめた。

晴臣さんはホットプレートを出して積極的に手伝う。

お気に入りの焼肉のたれを準備して、焼きながら楽しく食べていた。

満腹になった私たちは、ソファーに横に並ぶ。

「十二月には予定通り、日本酒の新作を発売する予定だ」

「お母さんから話、聞いていたよ」

やっと商品が決まったと、先日電話をして母から聞いた。

空気が冷たくなってきた頃に呑んでほしいお酒だと話をしていて、どんな味なのか私にイメージを話してくれた。

「それでデザイン案がいくつかあって悩んでいるんだが、社員が雪華の意見を聞きたいと言っていて」

そう言ってタブレットを持ってきた晴臣さんは私に見せた。

どれも冬らしい色使いで、うちの日本酒のカラーに合っているような気がする。悩みに悩んで雪の結晶が全面的に使われているものを推すことにした。

「見た目が冬らしい。だからこれがあっていると思う」

「なるほど。しっかり意見を伝えさせてもらう」

「よろしくね」

どんな味がするのか呑んでみたい。想像上ではものすごく美味しいと思う。

「晴臣さん、改めてうちの実家を救ってくれてありがとう」

「何を言っているんだ。こちらこそ感謝だ」

私は頭を左右に振る。

「本当にあのとき、助けてくれなかったら、大切な日本酒の味も、私の家族も、従業員のみなさんも路頭に迷ってた。感謝してもしきれない。そしてこんな私と結婚してくれてありがとう」

晴臣さんは少々照れているのか耳を赤くして咳払いをしている。そしてさりげなく肩に手を回して抱き寄せてくれた。

「こちらこそ、ありがとう。俺にこんなにも幸せを与えてくれて」

心臓がドキドキとしてきて、頬が熱くなった。

結婚してますます彼のことが好きになってしまったみたいだ。

お酒を呑んでいないのに、まるで酔っ払ってしまったような、そんな気分になる。

彼は私の頬に手を添えて唇を重ねてきた。

長くて甘いキスに夢中になっていく。これからもずっとこうして愛する人と一緒に過ごしていきたい。過ごせる未来は私たちには待っているのだ。

◆

いよいよ、結婚式当日を迎えた。

朝、目が覚めてカーテンを開くと、青空が広がっている天気のいい日だった。大きくなったお腹を撫でて、我が子に話しかける。

「おはよう、赤ちゃん」

入籍はしているが、結婚式がまだだった。今日からまた新しいスタートだと気持ちが晴れやかだ。

一足先に目が覚めていた晴臣さんが部屋に入ってくる。

「よく眠れたか？」

「ぐっすり眠れたよ」

「俺は雪華の白無垢姿が楽しみであまり眠れなかった」

そんな甘いセリフを囁いて優しく口づけをしてくれた。朝から胸のトキメキが収まらない。責任をとってほしいと思いながら見つめる。

「今日は素敵な一日にしよう」

「そうだね」

会場として選ばれたのは、和装もできる老舗のホテル。人前式を行ってから、披露宴もやる。ほとんど晴臣さんの両親がセッティングしてくれたので、私は大変なことは何もなかった。

お客様に振る舞うコース料理も和食をチョイスしてくれたらしい。窓からは立派な和風庭園が広がっている。素敵な思い出になりそうだな。

黒いパンツスーツを着た女性が案内してくれて控え室に到着すると、これから袖を通す白無垢が飾られていた。

正絹でクリーム色がかり、品のある光沢感があり、錦織で華やかさを演出している。宇佐川家に嫁いだ女性に代々受け継がれている大切な白無垢だ。

着付けをしてもらい、最後に綿帽子を被《かぶ》せてもらった。

赤い紅が塗られ鏡に映る自分を見て驚く。まるで別人みたいだ。綺麗にしてくれるなんて感動してしまう。

そして背筋がピンと張るような、そんな気持ちになった。

準備が終わると黒紋付の袴《はかま》を着た晴臣さんが入ってくる。似合いすぎていて目のやり場に困る。私の目の前にやってきた晴臣さんが目を細めた。

「美しいよ、雪華」

その言葉に嘘がないような気がして、頬が熱くなった。

「晴臣さんも、素敵」

「ありがとう」

私たちは見つめ合って、微笑んだ。

「それでは、そろそろご移動お願い致します」

晴臣さんは私の背中に手をそっと添えてエスコートしてくれる。

父もきっと天国で温かく見守ってくれているだろう。

父は私が幼い頃から将来花嫁に出すのが嫌だと言っていた。それほど可愛がってくれたのだ。

晴臣さんのおかげでこんな私も結婚できたし、実家も救ってくれたので、父も感謝の思いでいるに違いない。

友人を誘っての披露宴はまた今度することにして、今日は宇佐川家に嫁いだお披露目の意味での結婚式だ。

宇佐川の妻としてこれからもしっかりと生きていこうと決意する。

お腹にいる子供を産んで、愛する人と一緒に立派な人に育てていきたい。

エピローグ

結婚式を終えて、私は順調にお腹の中で子供を育てていた。

気がつけば三十六週に入っている。膨らむお腹に比例して母親の自覚も強くなってきた。晴臣さんも待ち遠しくて仕方がない様子だった。

そして出産日を心待ちにしている人がもう一人。

「雪華さん、無理をしてはいけませんよ」

姑が頻繁に顔を見せてくれるようになっていた。

名前は自分たちで決めていいとのことで、私と夫は、どんな名前にしようか寄り添いあって考える日々。悩みに悩んで『久晴《ひさはる》』と名付けるつもりだ。

会いに来てくれた姑に、名前を書いて見せたところ笑みを浮かべてくれる。

「とても素敵な名前だと思うわ」

「気に入っていただけてよかったです。晴臣さんから一文字もらって、晴れるという字を使いたくて」

「ええ、大賛成よ」

孫が生まれてくるのが楽しみで仕方がないようで、もうすでにお洋服を何着も買ってくれた。

今日もおもちゃをいっぱい持ってきてくれている。

「これは赤ちゃんの頃から英語を学びながら遊べるんですって。これは、数字に強くなるおもちゃみたいよ。生まれてくる赤ちゃんには最高の教育を受けさせてあげたいの」

「ありがとうございます。しかし、こんなに買ってきてもらわなくても……いつもいつも申し訳ないです」

私は恐縮しながら伝えた。

「引っ越しも近いんだ。気持ちはありがたいが荷物が増えても……」

晴臣さんが少々呆れた顔で言っている。

「嬉しくてたまらないんだもの。最近の楽しみはベビー用品を見にいくことなの。今は便利なものがたくさんあるのよ？　離れたところから赤ちゃんの様子を見ることができるカメラとか。本当に今の時代はすごいわよね」

「しかし……」

マシンガントークをしていた姑だったが、息子が困った様子で口を開くと、都合が悪くなったような表情をしてバッグを手に持つ。

「じゃあ、そろそろ帰るわね」

立ち上がり、大きくなった私のお腹に声をかけてきた。

「久晴くーん、また来ますからね。元気に育ってね。健康で生まれてくるのよ。会える日を楽しみにしてるわ」

一階の玄関ホールまで見送る。姑はタクシーに乗って帰っていく。

部屋に戻ってくると、晴臣さんが私のことを後ろから抱きしめてきた。長い腕に包み込まれているようで安堵感を覚える。

「張り切っているんだ。迷惑だと思わないでくれよ？」

「大丈夫。楽しみにしてくれていることがわかるから。でもたくさんプレゼントしてもらってなんだか悪いなぁ」

「それは母が喜んでやっていることだから」

私は幸福感に包まれて大きくなったお腹を撫でた。早く子供の顔が見たい。

「お茶しよっか」

「ああ。俺が準備するから、雪華は座って待っていてくれ」

「ありがとう」

お言葉に甘えて私はソファーに腰を下ろした。

家は来年の二月、完成予定だ。その頃には赤ちゃんが誕生する。

新居で迎えられるのは幸せなことだが、このタイミングと重なってしまったのは計算外である。

授かりものなので予定通りにいかないのが、人生だ。

今のマンションも素晴らしく立派で居心地がいいが、自分たちで設計した家に住めるのでもっと生活しやすくなるだろう。

子供が生まれてきたらスペースも必要になるだろうし、自由に遊ばせてあげたい。

お腹が大きいときにあまり動かないようにと夫が配慮し、引っ越しの準備は業者にすべてお任せしているので私がやることはない。それでも細かいものは自分で片付けたいなと思って少しずつ整理している。

本当に優しくて私にはもったいない人だ。

「はい、おまたせ」

ノンカフェインの温かいお茶を持ってきてくれた。

「ありがとう」

受け取って二人でゆっくりと過ごす時間がとても幸せ。赤ちゃんが喜んでいるのかお腹を蹴っている。

「動いた」

私のお腹に手を添えて彼は穏やかな瞳を向けている。

「元気に生まれてくるんだぞ」

きっと子煩悩な父親になるに違いない。

◆

年が明け、私は元気な男の子を出産。涙がボロボロと流れて仕方がなかった。

晴臣さんとの愛の結晶がここにあるのだと実感して、お腹の底から湧き上がってくる歓喜に満たされる。今までの人生で一番の感動だ。

出産して少し落ち着くと息子を部屋に連れてきてくれた。ここの病院は出産当日から母子同室で入院をするらしい。赤ちゃんと一緒に過ごすことで母親の自覚がどんどんと強くなっていくのが狙いだとか。

細い指。小さな爪。パタパタと動かしている足。力いっぱい泣く声。

息子は晴臣さんにそっくりだ。生まれたばかりだというのに目鼻立ちがハッキリとしていて、赤ちゃんなのにハンサム過ぎる。将来、モテモテになるのではないかと今から心配してしまうほどだ。さすが晴臣さんの遺伝子である。

そして、私の父の面影もあって。天国の父も孫の誕生を心から喜んでいるに違いない。いつも見守ってくれているのだ、きっと……。

成長が楽しみで仕方がない。愛情をたっぷり注いで、優しくて、心の広い人に育ってほしい。

晴臣さんの両親は、待ちに待った孫の誕生に狂喜乱舞だった。

「こんなに素晴らしい赤ちゃんを見たことがないわ！　この世に生まれてきてくれてありがとう。雪華さんも本当に頑張ったわね。私たちに孫という存在を与えてくれたこと、感謝してもしきれないわ」

出産して疲れている私だったが、手を握られて激しく話しかけられる。でも握ってくれた手が震えていて、感極まっている姑の様子にほっこりとした。

久晴が生まれた日の夜、北海道から私の母と弟も駆けつけてくれた。

「可愛いわ」

「本当だ。……小さくて見ているだけで泣けるな」

二人は赤ちゃんを見てから私に視線を動かす。

「姉ちゃん。幸せか？」

「もちろん。本当に心から幸せだと思ってるよ」

その言葉を聞いた母と弟は安心したように頷いた。

「政略結婚させてしまったけど……本当の愛をつかんでくれてお母さんも安心したわ」

「人生ってどうなるかわからないね」

「ええ、本当に」

実家が火事で大変なことになって、父親が亡くなり、経営が厳しくなった。そして政略結婚。

しかし心から愛されて、可愛い子供を身ごもり、こうして誕生した。辛いことばかりが続くわけじゃない。

生きていたら必ずいいことがある。そう思える出来事だった。

これからも大変なことはあると思う。それが人生だから。だけど家族と協力して乗り越えていきたい。

微笑んだタイミングで晴臣さんが入ってくる。

「お二人ともいらっしゃってたんですね」

「晴臣さん、ありがとうございます」

母は深く頭を下げた。

「こちらこそ、こんなに可愛い子供を産んでもらって感謝しています」

十二月に発売された日本酒は、メディアにも取り上げられ、日本酒の業界では異例の大ヒット。

次回発売される日本酒は秋頃の予定だが、今から注目を浴びている。これまでの常識を覆す売上だった。これで安心して実家の酒造も経営することができる。

家の酒造だけではなく、日本酒業界も盛り上がってくれたら嬉しいし、北海道のお酒もいろんな人に知ってもらえるチャンスでいいことづくし。

家族を救ってくれ、こんなにも愛おしい子供を授かることができて、幸せで胸がいっぱいだ。晴臣さんには感謝しかない。

◆

息子と一緒に退院してきた私は、完成した新居でゆっくりと過ごしている。

リビングのソファーでくつろぐのがお気に入りだ。広々とした空間で気持ちがいい。

昼間は日差しが入ってくるが、紫外線がカットされた窓である。

暖炉が設置されていて、冬は暖かく暮せる。

晴臣さんが帰ってくるのを毎日心待ちにして待つ。

家政婦さんが家事を手伝ってくれるので、慣れない子育てだが余裕が持てていた。

ベビーベッドで眠る久晴に微笑みかける。

この子にはいろんな経験をさせてあげたいし、様々な世界を見せたい。

「ただいま」

「お帰りなさい」

帰ってくると私に甘いキスをくれる。母親になっても変わらない習慣だ。毎日しているることなのに胸がときめく。

私はおばあちゃんになっても永遠に晴臣さんにキュンキュンさせられるのだなと実感していた。

「久晴は？」

「眠っているわよ」

晴臣さんは子供が愛おしくて仕方がないようだ。

なるべく仕事を早く終わらせて家に戻ってきて、ずっと傍に張りついている。

「小さい手……可愛いな」

「そうね」

「大きく立派に育つんだぞ」

眠っている息子が起きてしまわないように、小声で話しかけていた。

夕食を終えた私たちは、リビングのソファーに腰をかける。

私は彼を見つめた。晴臣さんもこちらを見て穏やかに微笑んでくれた。

「ありがとう」

「何だ、いきなり」

「……晴臣さんに出会えて本当に私は幸せだから、お礼を伝えたくなったの」

「それはこちらのセリフだ」

照れたように笑って、私のことを優しく抱きしめた。

あとがき

こんにちは。ひなの琴莉と申します。初めましての皆さんも、何度かお目にかかった皆さんも、こちらの書籍を手にしてくださり本当にありがとうございました。

『アルコールに強い女の子が、お酒ではなくヒーローに酔ってしまう』をテーマに甘いお話を書いてみたいとプロットを作っていきました。お酒に強いから連想し、なおかつ政略結婚できる設定にしたかったので、ヒロインは酒造の娘にしました。

私が若い頃に働いてた会社の上司は、とても美人でお酒が強い方でした。連れて行ってくれた居酒屋で日本酒を一緒に呑ませてもらい、どれもすごく美味しかったのですが、若かりし頃の私は銘柄とか全然気にせずに口にしていました。私は日本酒を呑むのは好きなほうですが、詳しいことがあまりわかりません。

今回作品を書くにあたって、日本酒に関する本を買ったり、酒造へ出かけたりして、イメージを膨らませ、日本酒のお試しセットを買ってみて、色や味を体験しました。さっぱりしていたり、深みがあったり、ちょっと辛口だったり、甘みがあったり。お猪口や徳利も素敵なものがたくさんあって、揃えたくなりますね。これはハマりそうです。全国各地の酒造を見てみたいなぁと思いました。

そして今作では、恋をしたことないヒロインが政略結婚してだんだんとヒーローに惹かれていくところを丁寧に書きました。読者さんにドキドキしていただけたら嬉しいです。

今回も素敵な作品に仕上げてもらい感謝してます。出版社さん、編集さん、イラストレーターさんなど、素敵なチームでお仕事できて幸せでした。

そして読者様、本当にありがとうございます。日々辛いことがあるかもしれませんが、この本を読んでいる時間だけは、少しでも、楽しかったなとか……リフレッシュできたなとか……思ってもらえたら幸いです。

そしてお手紙送ってくださる読者様、いつも本当にありがとうございます。誰かに楽しんでもらいたいと思いながら書いているのに、逆にこちらが励まされていて、ありがたい仕事をしているなと感謝しています。

またどこかでお目にかかれる日を楽しみに、私も頑張っていきますので、皆さんもお元気でお過ごしください。

ひなの琴莉

マーマレード文庫

冷徹御曹司と政略結婚したら、溺愛で溶かされて身ごもり妻になりました

2022年10月15日　第1刷発行　定価はカバーに表示してあります

著者　ひなの琴莉　©KOTORI HINANO 2022
発行人　鈴木幸辰
発行所　株式会社ハーパーコリンズ・ジャパン
東京都千代田区大手町1-5-1
電話　03-6269-2883（営業）
0570-008091（読者サービス係）
印刷・製本　中央精版印刷株式会社

Printed in Japan ©K.K. HarperCollins Japan 2022
ISBN-978-4-596-75423-3

m a r m a l a d e b u n k o